文春文庫

羊と鋼の森

宮下奈都

文藝春秋

contents

羊と鋼の森

森の匂いがした。秋の、夜に近い時間の森。風が木々を揺らし、ざわざわと葉の鳴る音がする。夜になりかける時間の、森の匂い。

問題は、近くに森などないことだ。乾いた秋の匂いをかいだのに、薄闇が下りてくる気配まで感じたのに、僕は高校の体育館の隅に立っていた。放課後の、ひとけのない体育館に、ただの案内役の一生徒としてぽつんと立っていた。

目の前に大きな黒いピアノがあった。大きな、黒い、ピアノ、のはずだ。ピアノの蓋が開いていて、そばに男の人が立っていた。何も言えずにいる僕を、その人はちらりと見た。その人が鍵盤をいくつか叩くと、蓋の開いた森から、また木々の揺れる匂いがした。夜が少し進んだ。僕は十七歳だった。

そのとき教室に残っていたから、というだけの理由で僕は担任から来客を案内するよう頼まれた。高二の二学期、中間試験の期間中で、部活動もない。生徒たちは早く下校することになっていた。昼間からひとり暮らしの下宿に帰るのは気が進まなくて、図書室で自習しようかと思っていたところだった。

「悪いな、外村《とむら》」

先生は言い足した。

「職員会議なんだ。四時に来ることになってるから、体育館に案内してくれればそれでいいから」

はい、と返事をした。普段から何かを頼まれることは多かった。頼みやすいのか、断らなさそうに見えるのか。暇そうにも見えたのだろう。たしかに、僕は時間を持て余していた。するべきことが思いつかなかった。したいこともない。このままなんとか高校を卒業して、なんとか就職口を見つけて、生きていければいい。そう思っていた。

頼みごとをされることは多かったけれど、大事なことを頼まれるわけではなかった。大事なことはちゃんと大事な誰かがやってくれる。どうでもいいようなことを頼まれるのはどうでもいいような人間だ。その日の来客もきっとどうでもいい部類の客なんだろう、と僕は思った。

そういえば、体育館に案内するよう頼まれただけだ。どんな客が来るのか聞かされていなかった。

「誰が来るんですか」

教室から出ていこうとしていた担任は、僕をふりかえり、調律師だよ、と言った。

調律という言葉に聞き覚えがなかった。空調を直しに来るんだろうか。だとしたら、どうして体育館なんだろうと思ったが、それもべつにどうでもいいようなものだった。

放課後の教室で、翌日の試験科目である日本史の教科書を読んで一時間ほど潰した。

四時少し前に職員玄関へ行くと、その人はすでに来ていた。茶色のジャケットを着て、大きな鞄を提げ、職員玄関のガラス戸の向こうに背筋を伸ばして立っていた。

「空調の方ですか」

内側から戸を開けながら僕は聞いた。

「江藤楽器の板鳥《いたどり》です」

楽器？　では、この年配の男性は僕が迎えるはずの客ではないのかもしれない。担任に名前を聞いておけばよかった。

「窪田先生から、今日は会議が入ったとお聞きしています。ピアノさえあればかまいませんから」

その人はそう言った。窪田というのは僕に来客を案内するよう言いつけた担任だった。

「体育館にお連れするよう言づかっているのですが」

来客用の茶色いスリッパを出しながら聞くと、

「ええ、今日は体育館のピアノを」

ピアノを、どうするのだろう。そう思わなくもなかったけれど、それ以上のことに特に興味はなかった。

「こちらです」

先に立って歩き出すと、その人はすぐ後ろをついてきた。鞄が重そうだった。ピアノの前まで連れていったら、それで帰るつもりだった。

その人は、ピアノの前に立つと四角い鞄を床に置き、僕に会釈をした。これでもういいです、ということだと思った。僕も会釈をし、踵《きびす》を返した。いつもならバスケ部やバレー部で騒がしい体育館が静かだった。高い窓から夕方の陽が差し込んでいた。

体育館からつながる廊下に出ようとしたとき、後ろでピアノの音がした。ピアノだ、とわかったのはふりむいてそれを見たからだ。そうでなければ、楽器の音だとは思わなかっただろう。楽器の音というより、何かもっと具体的な形のあるものの立てる音のような、ひどく懐かしい何かを表すもののような、正体はわからないけれども、何かとてもいいもの。それが聞こえた気がしたのだ。

その人はふりむいた僕にかまわず、ピアノを鳴らし続けた。弾いているのではなく、いくつかの音を点検するみたいに鳴らしているのだった。僕はしばらくその場に立っていて、それからピアノのほうへ戻った。

僕が戻ってもその人は気にしなかった。鍵盤の前から少し横にずれて、グランドピアノの蓋を開けた。蓋——僕にはそれが羽に見えた。その人は大きな黒い羽を持ち上げて、支え棒で閉まらないようにしたまま、もう一度鍵盤を叩いた。

森の匂いがした。夜になりかけの、森の入口。僕はそこに行こうとして、やめる。すっかり陽の落ちた森は危険だからだ。昔、森に迷い込んで帰ってこられなくなった子供たちの話をよく聞かされた。日が暮れかけたら、もう森に入っちゃいけない。昼間に思っているより、太陽の落ちる速度は速い。

気がつくと、その人は床に置いた四角ばった鞄を開けていた。見たことのないさまざまな道具が入っていた。この道具を使ってピアノをどうするんだろう。ピアノで何をするんだろう。聞いてはいけないと思った。聞くという行為は、責任を伴う。聞いて、答えてもらったら、もう一度こちらから何かを返さなくてはいけない気がした。質問は僕の中で渦を巻くのに、形にはならなかった。たぶん、返すものを何も持っていないからだ。

ピアノをどうするんですか。ピアノをどうしたいんですか。あるいは、ピアノで何をするんですか、だろうか。いちばん聞きたいのが何だったのか、そのときの僕にはわからなかった。今も、まだわからない。聞いておけばよかったと思う。あのとき、形にならないままでも、僕の中に生まれた質問をそのまま投げてみればよかった。何度も思い返す。もしもあのとき言葉が出てきていたなら、答えを探し続ける必要はなかった。答えを聞いて納得してしまえたのなら。

僕は何も聞かず、邪魔にならないよう、ただ黙ってそこに立って見ていた。

通っていた小さな小学校にも、中学校にも、ピアノはあったはずだ。ここにあるようなグランドピアノではなかったけれど、どんな音が出るのか知っていたし、ピアノに合わせて歌ったことだって何度もあった。

それでも、この大きな黒い楽器を、初めて見た気がした。少なくとも、羽を開いた内臓を見るのは初めてだった。そこから生まれる音が肌に触れる感触を知ったのももちろん初めてだった。

森の匂いがした。秋の、夜の。僕は自分の鞄を床に置き、ピアノの音が少しずつ変わっていくのをそばで見ていた。たぶん二時間余り、時が経つのも忘れて。

秋の、夜、だった時間帯が、だんだん狭く限られていく。秋といっても九月、九月は上旬。夜といってもまだ入り口の、湿度の低い、晴れた夕方の午後六時頃。町の六時は明るいけれど、山間《やまあい》の集落は森に遮られて太陽の最後の光が届かない。夜になるのを待って活動を始める山の生きものたちが、すぐその辺りで息を潜めている気配がある。静かで、あたたかな、深さを含んだ音。そういう音がピアノから零《こぼ》れてくる。

「ここのピアノは古くてね」

その人が話しはじめたのは、たぶんもう作業が終わりに近づいたからだろう。

「とてもやさしい音がするんです」

はい、としか言えなかった。やさしい音というのがどういう音なのか、僕にはよくわからなかった。

「いいピアノです」

はい、とまた僕はうなずいた。

「昔は山も野原もよかったから」

「はい？」

その人はやわらかそうな布で黒いピアノを拭きながら続けた。

「昔の羊は山や野原でいい草を食べていたんでしょうね」

僕は山間の実家近くの牧場にのんびりと羊が飼われている様子を思い出した。

「いい草を食べて育ったいい羊のいい毛を贅沢に使ってフェルトをつくっていたんですね。今じゃこんなにいいハンマーはつくれません」

何の話だかわからなかった。

「ハンマーってピアノと関係があるんですか」

僕が聞くと、その人は僕を見た。少し笑っているような顔でうなずいて、

「ピアノの中にハンマーがあるんです」

全然想像できなかった。

「ちょっと見てみますか」

言われてピアノに近づいてみる。

「こうして鍵盤を叩くと」

トーン、と音が鳴った。ピアノの中でひとつの部品が上がり、一本の線に触れたのがわかる。

「ほら、この弦を、ハンマーが叩いているでしょう。このハンマーはフェルトでできているんです」

トーン、トーン、と音がして、それがやさしいのかどうか、僕にはわからない。でも、森で、九月の上旬で、夕方の六時頃で、暗くなりかけていて。

「どうかしましたか」

聞かれて、僕は答えた。

「さっきよりずいぶんはっきりしました」

「何がはっきりしたんでしょう」

「この音の景色が」

音の連れてくる景色がはっきりと浮かぶ。一連の作業を終えた今、その景色は、最初に弾いたときに見えた景色より格段に鮮やかになった。

「もしかして、ピアノに使われている木は、松ではないですか？」

その人は浅くうなずいた。

「スプルースという木です。たしかに松の一種ですね」

僕はある確信を持って聞いた。

「それはもしかして、大雪山系の山から切り出した松ではないでしょうか」

だから、僕にも景色が見えるのだ。あの森の景色が。だから、こんなに僕の胸を打つのだ。あの山の森が鳴らされるから。

「いいえ、外国の木です。これはたぶん、北米の木だと思います」

あっけなく予想は外れた。もしかすると、森というのはすべて、どこにあってもこんな音を立てるのだろうか。夜の入り口というのはすべて、静かで、深くて、どこか不穏なものなのだろうか。

その人は、羽のように開いていた蓋を閉じて、その上を布で磨きはじめた。

「あなたはピアノを弾くんですね」

穏やかな声で言われたとき、はい、と言えたらよかったと思った。ピアノを弾いて、森や、夜や、さまざまな美しいものを表現できたらよかった。

「いいえ」

実際には、触ったこともなかった。

「でも、ピアノが好きなんですね」

好きかどうかもわからない。生まれて初めて、今日、ピアノというものを意識したばかりだ。

僕が答えられずにいるのをその人は特に気にしていないようだった。ピアノを拭き終えた布をしまって、そっと鞄の蓋を閉め、留め金を掛けた。

それからこちらに向き直り、ジャケットのポケットから名刺を取り出して僕に一枚くれた。大人から名刺をもらったのは初めてだった。

「よかったら、ピアノを見にきてください」

楽器店の名前が書かれ、下に、調律師、とあった。

調律師　板鳥宗一郎《いたどりそういちろう》

「いいんですか」

思わず聞いてしまった。いいも悪いもないだろう。この人が見にきてくださいと言ったのだから、いいのだ。許可をもらったのだ、と感じた。

「もちろんです」

板鳥さんは笑顔でうなずいた。

忘れられなかった。一度だけ、店を訪ねた。

板鳥さんはちょうど客先へ出かけるところだった。店の裏にある駐車場まで並んで歩く間に、僕は直訴した。

「弟子にしていただけませんか」

板鳥さんは笑いも驚きもせず、ただ穏やかな顔で僕を見た。それから大きな鞄を地面に置いて、ポケットから取り出した小型の手帳にボールペンで何かを書きつけて、そのページを破って僕にくれた。

学校の名前が書いてあった。

「私は一介の調律師です。弟子を取るような分際ではありません。もし、ほんとうに調律の勉強をしたいのなら、この学校がいいでしょう」

それで僕は高校を卒業すると、家族を説得し、その学校に進学した。

家族がどれくらい理解してくれたのかはわからない。僕の生まれ育った山の集落には中学までしかなかった。義務教育を終えると、皆、山を下りる。それが山の子供たちの宿命だった。

同じように山で育っても、ひとり暮らしが性に合う者と合わぬ者とがいた。大きな学校や人混みに混じれる者、どうしても弾《はじ》かれてしまう者。そして、いつかまた山に帰る者と、放流されてまったく違う場所へたどり着く者。それらはいいとか悪いとかではなく、自分で選べることでさえなく、ただただ前者であるか後者であるか、いつのまにか定められてしまうものらしい。僕は調律という森に出会ってしまった。山には帰れない。

生まれて初めて北海道を出た。本州にある調律師養成のための専門学校に、二年間。ピアノの工房に併設された簡素な教室で、調律の技術を覚えるためだけに二年間を使った。同期はたったの七人だった。

朝から晩まで調律の技術を学んだ。工房の倉庫のようなところで授業が行われていたので、夏は暑く、冬は寒かった。まるごと一台の修理を手掛けたり、外装を塗ったりする実習もあった。課題は厳しく、到底自分にはこなせないと暗澹たる気持ちになりながら毎晩遅くまで取り組んだ。迷い込んだら帰れなくなると聞かされた森に、もしかしたら足を踏み入れてしまったんじゃないか。幾度もそう思った。目の前は鬱蒼と茂って、暗い。

それでも、不思議と嫌になることはなかった。僕の調律したピアノからはいつまで経っても森の匂いは立ち上らなかったけれど、僕がそれを忘れることはなかった。それだけを頼りに、二年間の課程を終えた。ピアノも弾けない、音感がいいわけでもない人間が、四十九番目のラの音を四百四十ヘルツに合わせる。それを基に曲がりなりにも音階を組み立てることができるようになるのだから、二年という年月は短いようで長い。

他の六名とともに僕は無事に卒業し、故郷近くの町へ戻って楽器店に就職した。板鳥さんのいる店だ。運よく調律師がひとり辞めたばかりだった。

江藤楽器は、おもにピアノを扱っている。社長の江藤さんはたいてい店にはいない。調律師が四名、受付と事務、営業、全部合わせて十名ばかりの小さな店だ。

入社して半年間は店内で業務研修になる。電話の応対に始まり、併設する音楽教室の事務、店頭での楽器の販売、店に来るお客さんへの対応。時間ができると、調律の練習をさせてもらった。

店の一階には、ピアノの並んでいるショールームと、楽譜や書籍を販売しているコーナー、それに、レッスン用の個室が二つと、数十人まで入れる発表会用の小ホールがある。僕たちが普段いるのは二階の事務所だ。二階は、事務所の他に会議室と応接室がひとつずつ。あとは倉庫として使われている。

店にはピアノが六台あって、それを使っていつでも調律の練習をしていいことになっている。定時までは通常業務で手いっぱいだったから、練習ができるのは夜だけだった。

誰もいない夜の楽器店で、黒いピアノの蓋を開ける。気持ちがふわっと開くのに、芯のところはきゅっと窄《すぼ》まるような、なんとも言えない静けさが訪れる。音叉《おんさ》を鳴らす。

ぴーんと神経が研ぎ澄まされる。

一弦ずつ、音を合わせていく。合わせても、合わせても、気持ちの中で何かがずれる。音の波をつかまえられない。チューナーで測ると合っているはずの数値が、揺れて聞こえる。調律師に求められるのは、音を合わせる以上のことなのに、まずはそこで足踏みをしている。

泳げるはずだと飛び込んだプールで、もがくようなこと。水をかいても、進んでいる実感がない。夜ごと向き合うピアノの前で、僕は水をかき、小さな泡を吐き、ときどきはプールの底を足で蹴って、少しでも前に進もうとした。

板鳥さんとはなかなか会えなかった。ホールでのコンサート用ピアノの調律もあり、個人宅での指名の依頼も多い。忙しくて、店にいる暇がほとんどない。直行直帰が続いて、一週間に一度も顔を合わせないこともあった。

板鳥さんの調律を見たかった。技術的な指導も受けたかったし、何より、板鳥さんの調律でピアノがどんどん音色を澄ませていくのをまた聞きたかった。

その思いが顔に表れていたのだろう。板鳥さんは僕を見かけると、外まわりに出る前の短い間に声をかけてくれることがあった。

「焦ってはいけません。こつこつ、こつこつです」

はい、と僕は答える。こつこつ、こつこつ。膨大な、気が遠くなるようなこつこつから調律師の仕事はできている。

板鳥さんに気にかけてもらえただけでうれしかった。でも、うれしいだけでもなかった。店を出ていこうとしている板鳥さんを追いかけた。

「こつこつ、どうすればいいんでしょう。どうこつこつするのが正しいんでしょう」

必死だった。息を切らせている僕を板鳥さんは不思議そうに見る。

「この仕事に、正しいかどうかという基準はありません。正しいという言葉には気をつけたほうがいい」

そう言って、自分にうなずくみたいに何度か小刻みに首を動かした。駐車場へ続く通用口のドアを開けながら、

「こつこつと守って、こつこつとヒット・エンド・ランです」

こつこつって野球か。そんなわかりにくい比喩でいいのか。

「ホームランはないんですね」

開けたドアを押さえながら僕は確かめる。板鳥さんはしげしげと僕の顔を眺めた。

「ホームランを狙ってはだめなんです」

わかるような、わからないようなアドバイスだった。正しいには気をつけよう、とだけは思った。

こつこつ、時間をつくっては店のピアノを調律した。一日に一台。六台すべてを調律

し終えると、また最初の一台に戻ってピッチを変えて調律し直した。

　お客さんのピアノを調律させてもらえるようになるのは早くて半年後からということだった。僕と入れ違いに辞めていった人はさらに時間がかかって、初めてお客さんの家に調律に行けたときには入社して一年半が経っていたそうだ。

　僕にそれを教えてくれたのは、七年先輩にあたる柳《やなぎ》さんだ。

「その人もちゃんと調律師の養成学校を出てはいたんだ。向き不向きって、やっぱりあるんだよな」

　向き不向きと簡単に言われてしまっては立つ瀬がない。どんなにがんばっても、向いていない可能性もあるというのが怖い。

「まあ、調律師に大事なのは調律の技術だけじゃないから」

　僕の肩をぽんと叩く。

　調律の技術に自信はなかった。厳しい学校を卒業したが、やっと基礎を身につけただけだ。手入れのされていないピアノを前にしたら、僕にできるのは、いびつな音を並べて、周波数を揃え、なんとか音階として整列させることくらいだ。美しい音には程遠いだろう。その程度のことしかできないということを、誰よりも僕自身が一番よく知っていた。

　技術にも自信がないのに、他にも大事なことがあるのでは、まったく手がまわらない。

僕の不安を見て取ったのか、柳さんは笑顔で言った。

「だいじょうぶだって。堂々としていればいいんだ。っていうか、堂々としていたほうがいいんだ。不安そうな調律師なんて誰も信じないからさ」

「すみません」

「いや、謝るところじゃないって。堂々としていればいいんだって」

柳さんは笑った。先輩なのに、ぜんぜん威張ったり偉そうだったりしないのが、とてもありがたい。

小さな共同体で過ごした期間が長い僕は、上下関係というものをよく理解できなかった。上下では表されないはずのものが、上下の力関係にある。たとえば、先輩と後輩。集落と町。先か後か、大きいか小さいか。それだけの違いなのに、上下関係に取り込まれてしまうのが解せなかった。

こつこつ調律の練習を繰り返すほかは、こつこつピアノ曲集を聴いた。高校を出るまではほとんどクラシック音楽を聴いたことがなかったから、とても新鮮だった。僕はすぐに夢中になって、毎晩モーツァルトやベートーヴェンやショパンを聴きながら眠った。

ひとつの曲をいろんなピアニストが演奏していることさえ知らなくて、どれを選んでいいかもわからなかった。聴き比べる余裕もないので、できるだけ同じピアニストが重ならないよう気をつけて、とにかくたくさん聴くことを自分に課した。卵から孵《かえ》ったばかりの雛が最初に見たものを親だと思い込むように、僕は最初に聴いた演奏に懐いた。その都度、そのピアニストが一番だと思った。癖のある演奏も、大きくテンポを変えてしまうような解釈さえも、最初に出会えばそれが僕のスタンダードになった。

ほかに何をこつこつすればいいのだろう。時間さえあれば僕はピアノの前に立ち、屋根を開けて内側を覗いた。八十八の鍵盤があり、それぞれに一本から三本の弦が張られている。鋼の弦はぴんとまっすぐに伸び、それを打つハンマーがまるでキタコブシの蕾のように揃って準備されているのを見るたびに、背筋がすっと伸びた。調和のとれた森は美しい。

「美しい」も、「正しい」と同じように僕には新しい言葉だった。ピアノに出会うまで、美しいものに気づかずにいた。知らなかった、というのとは少し違う。僕はたくさん知っていた。ただ、知っていることに気づかずにいたのだ。

その証拠に、ピアノに出会って以来、僕は記憶の中からいくつもの美しいものを発見した。

たとえば、実家にいる頃ときどき祖母がつくってくれたミルク紅茶。小鍋で煮出した紅茶にミルクを足すと、大雨の後の濁った川みたいな色になる。鍋の底に魚を隠していそうな、あたたかいミルク紅茶。カップに注がれて渦を巻く液体にしばらく見惚れた。あれは美しかったと思う。

たとえば、泣き叫ぶ赤ん坊の眉間《みけん》の皺。思い切り力を込めた真っ赤な顔に寄る皺は、それ自体が強い意志を持つ生きもののようで、そばで見るとどきどきした。あれもたしかに美しかった。

それから、たとえば裸の木。山に遅い春が来て、裸の木々が一斉に芽吹くとき。その寸前に、枝の先がぽやぽやと薄明るく見えるひとときがある。ほんのりと赤みを帯びたたくさんの枝々のせいで、山全体が発光しているかのような光景を僕は毎年のように見てきた。山が燃える幻の炎を目にし、圧倒されて立ちすくみながら、何もできない。何もできないことが、かえってうれしかった。ただ足を止め、深呼吸をする。春が来る、森がこれから若葉で覆われる、たしかな予感に胸を躍らせた。

今もあまり変わらないのかもしれない。美しいものを前にしても、立ち尽くすことしかできない。木も山も季節も、そのままに留めておくことはできないし、自分がそこに加わることもできない。だけど、あれを、美しいと呼ぶことを知った。それだけで解放されたような気持ちだ。美しいと言葉に置き換えることで、いつでも取り出すことができるようになる。人に示したり交換したりすることもできるようになる。美しい箱はいつも身体の中にあり、僕はただその蓋を開ければいい。

これまでに美しいと名づけることのできなかったものたちが、記憶のあちこちからそこにひゅっと飛び込んでくるのがわかる。磁石で砂鉄を集めるように、いともたやすく、自由自在に。

枝先のぽやぽやが、その後一斉に芽吹く若葉が、美しいものであるのと同時に、あたりまえのようにそこにあることに、あらためて驚く。あたりまえであって、奇跡でもある。きっと僕が気づいていないだけで、ありとあらゆるところに美しさは潜んでいる。あるとき突然、殴られたみたいにそれに気づくのだ。たとえば、放課後の高校の体育館で。

ピアノが、どこかに溶けている美しいものを取り出して耳に届く形にできる奇跡だとしたら、僕はよろこんでそのしもべになろう。

初めて調律に行った日のことはよく覚えている。

秋の初めの、空の高い日だった。入社して五カ月を過ぎ、柳さんが顧客宅へ調律に行くのに同行させてもらえることになった。柳さんが調律する傍について補助する、という名目だったが、実際には補助ではなく見学だ。調律の技術だけでなく、顧客宅でのふるまいや、顧客とのやりとりなどを学ぶ機会だった。

緊張していた。白いマンションの入り口でインタフォンを押す柳さんを見て、不意に不安になった。僕にあのボタンが押せるだろうか？　それでも、感じのいい女性の声がして中からドアが開いたとき、調律師は待たれているのだ、と思い直した。インタフォンの女性よりも、たぶん女性の傍にあるだろうピアノに。

エレベーターで四階に上がる。

「ここは楽しみなんだ」

外廊下を歩きながら柳さんがささやいた。

僕の母と同じ年恰好に見える女性がドアを開けて僕たちを通してくれた。入ってすぐの右側の部屋がピアノ室だった。六畳くらいの部屋の真ん中に、いちばん小さいサイズのグランドピアノが置かれている。床に毛足の長いカーペットが敷かれ、窓には分厚いカーテンがかかっている。防音対策だろう。ピアノの前に椅子が二脚あるのはきっと、ピアノを習っているからだ。先生がここに教えに来てくれているのではないか。

よく磨かれた黒いピアノだった。特別に高級なピアノではないけれども、大事にされているのがわかった。そして、弾き込んであるのもわかった。柳さんがオクターブをさっと鳴らしただけで、少し歪みが感じられた。半年前に調律をしているのにこれだけ狂うのは、かなり弾き込んでいるせいだ。

柳さんが楽しみだと言ったのもうなずける。持ち主に愛されてよく弾かれているピアノを調律するのはうれしい。一年経ってもあまり狂いのないピアノは、調律の作業は少なくて済むかもしれないが、やりがいも少ないと思う。

ピアノは弾かれたい。つねに開いている。あるいは、開かれようとしている。人に対して、音楽に対して。そうでなければ、あちこちに溶けている美しさを掬《すく》い上げることもできない。

柳さんが音叉を鳴らす。ぴーんと音が鳴って、目の前のピアノのラ音がそれに共鳴する。つながっている、と思う。

ピアノは一台ずつ顔のある個々の独立した楽器だけれど、大本のところでつながっている。たとえばラジオのように。どこかの局が電波に乗せて送った言葉や音楽を、個々のアンテナがつかまえる。同じように、この世界にはありとあらゆるところに音楽が溶けていて、個々のピアノがそれを形にする。ピアノができるだけ美しく音楽を形にできるよう、僕たちはいる。弦の張りを調節し、ハンマーを整え、波の形が一定になるよう、ピアノがすべての音楽とつながれるよう、調律する。今、柳さんが黙々と作業をするのは、このピアノがいつでも世界とつながることができるようにするためだ。

二時間ばかりが過ぎて仕事も終わりかけた頃、玄関のほうで、ただいま、と声が聞こえた。若い女の子の声だった。

調律は時間もかかるし、音も出る。お客さんによっては部屋のドアを閉めて作業を行う場合もある。でも、この日は開けてあった。この声の主が帰ってきたらすぐに調律中のピアノを見られるようにと考えてのことだったのだろう。果たして彼女はまもなくピアノ室へ現れた。高校生だろうか、黒髪を肩まで下ろしたおとなしそうな子だった。

彼女は柳さんと僕それぞれに小さくお辞儀をし、それからそっと壁に背をつけて、黙って柳さんが作業するのを見ていた。

「いかがでしょう」

柳さんが二オクターブほど音階を弾いてみせ、ピアノの前を空けた。

その子はおずおずとそこに歩み寄り、ぽろぽろぽろっと音を出した。いかがでしょうと聞かれたから律義に応えた、という感じだった。でも、僕は思わず椅子から腰を浮かせた。耳から首筋にかけて鳥肌が立っていた。

「どうぞ、しっかり弾いて確かめてみてください」

柳さんが笑いかけると、立ったままだった彼女はピアノの前の椅子を引いてすわった。そうしてゆっくりと鍵盤の上に指を滑らせた。右手と左手が同時に動く、短い曲だった。たぶん、指を動かすための練習曲だ。美しかった。粒が揃っていて、端正で、つやつやしていた。耳の鳥肌は消えない。あっというまに弾き終えてしまったのが残念だった。

彼女は弾き終えた手をいったん膝の上に揃え、それからうなずいた。

「ありがとうございます、いいと思います」

恥ずかしいのか、うつむいて小さな声だった。

「じゃあ、これで」

柳さんが言いかけたとき、

「あ、待ってください」

彼女は顔を上げた。

「もうすぐ妹が帰ってくるはずなので、少しだけ待ってもらえますか」

この子の妹ということは中学生だろうか。その子に決定権があるのか、それとも自分だけでOKを出してしまう勇気がないのか。

僕が考えているうちに、柳さんはにこやかに、いいですよ、と答えた。

彼女がピアノ室から出ていってまもなく、お茶が運ばれてきた。

「どうぞ召し上がってください。その間に娘が帰ってこなかったら、けっこうですから」

母親がピアノ室の隅の小さなテーブルにお茶を並べながら、最後のほうは小声で言って微笑んだ。妹に調律の結果を確認させたい姉娘の気持ちを尊重しつつ、僕たちを気遣ってくれてもいるらしい。

柳さんは道具を鞄に片づける手を止めて、ありがとうございますと頭を下げた。

五分も経たないうちに、勢いよく玄関ドアの開く音がした。

「ただいまぁ」

弾むような声と足音が近づいてくる。

「由仁《ゆに》、今、調律の方が見えてるから」

「よかった、間に合った」

女の子の声がして、次の瞬間、ピアノ室にふたつの顔が現れた。さっきの子と、今帰ってきたらしい子。ふたつの顔はほとんど同じだった。肩までの髪をまっすぐに垂らしているか、耳の下あたりでふたつに結んであるかの違いだけだ。

「和音《かずね》は弾かせてもらったんでしょ。じゃあ、あたしはいいよ」

ドアのところで立ち止まって、「和音」のほうを見ているのが、たぶん「妹」の「由仁」だ。

「ううん、弾いて。弾いて確かめて。私と由仁のピアノは違うんだから」

おさげの子がドアの外へ出ていき、髪を下ろしている「姉」が、

「すみません、今、手を洗いに行ってます。すぐ戻りますから」

と僕たちに向かって頭を下げた。

程なく戻ってきた女の子は結んでいた髪をほどいていた。こうすると、もうふたりの見分けはつかなかった。

すぐに、ピアノが始まった。

顔はそっくりなのに、と僕は思った。おかしな感想だけど、まずそう思ったのだ。顔はそっくりなのに、さっき「姉」が弾いたのとはまったく違うピアノだった。温度が違う。湿度が違う。音が弾む。「妹」のピアノは色彩にあふれていた。これではたしかに

それぞれが弾いてみないと調律の具合を決められないだろう。

彼女は、ふと弾くのをやめて、こちらをふりかえった。

「もう少しだけ明るい感じの音にしていただきたいんです」

それから、

「すみません、勝手なこと言って」

と殊勝な顔になった。ピアノの向こうで「姉」も一緒にまじめな顔をしている。彼女も音を明るくしてほしいと思っているのだろうか。それとも、「妹」の意見を尊重しているのか。「妹」は椅子から立ち上がった。

「たぶん、音が響きすぎないように調整してくださっているのですよね。その抑えで音が少し暗く感じるんじゃないかと思うんです」

柳さんは笑顔でうなずいた。

「わかりました。調整してみます」

ペダルを調整し、ダンパーが若干早く上がるようにする。それだけで、控えめだった音が解放される。小さな部屋でならこれで明るく感じられる。でも、それでいいのか。明るさは「妹」の音には合うけれども、「姉」の静謐なピアノをどう変えるだろう。

柳さんが調整し直したピアノを、「妹」はふたたび弾いた。

「あっ、なんだか音がきれいに響くようになってる！」

まもなく弾くのをやめて立ち上がり、柳さんに向かって勢いよく頭を下げた。

「どうもありがとうございました」

「姉」も揃って頭を下げる。あらためて見ても、ふたりはそっくりだった。こうして髪型を同じにして同じ動作をしていると、どちらがどちらかわからない。ひとまわり笑みの大きいほうがたぶん「妹」で、おとなしそうなほうが「姉」だ。ただ、弾いたピアノの音色ははっきりと違った。それでもピアノに望む音は同じなのだろうか。欲しい音が違っているほうが自然ではないか。もしも別々の要求を出されたら、調律師としてはどう応えればいいのだろう。

姉妹と母親に見送られてマンションの部屋を出た。日はすでに翳《かげ》っていたが、駐車場に停めた白い軽はずいぶん暑くなっている。社用車を僕が運転して来ていた。調律道具の入ったキャリーバッグを後部座席に置き、柳さんは助手席のドアを開けた。

「どう思いました?」

車に乗り込んで、真っ先に聞いた。何をどう思ったかと聞いているのか、自分でもよくわからない。明るさを求めたことを、どう思ったか。もしかしたら僕は、明るさを求められたことを不満に感じているのだろうか。顧客の希望を優先するのは当然なのに。

「相変わらずおもしろいピアノを弾く子だったなあ」

ふふっと忍び笑いを漏らして柳さんは言った。

「久しぶりに聴いたな、あんないきいきとしたピアノ」

それから僕をちらりと見た。

「情熱的でいいじゃない。調律し甲斐があるってもんだ」

おもしろいという感覚とはちょっと違ったが、情熱的だという見方には同感だ。

「もっと曲らしい曲を弾いてくれればよかったんですが」

そうでなければ、ほんとうに明るい音が妥当かどうか判断しづらい。

けれども柳さんは首を横に振った。

「ショパンのエチュードだったろ。じゅうぶんだよ。短いけど、あれ以上長い曲を弾かれたら時間的にきついぞ。これでも予定よりけっこう遅くなってるんだ」

ショパンのエチュード？　僕にはクラシック音楽の知識がない。今ようやく少しずつ曲を聴き覚えているところだ。でも、ショパンじゃないだろう。曲というほどの曲ではなかった。あえていうなら指の練習曲のような——と考えていて思い当たった。

「ショパンのエチュードはふたごの妹のほうが弾いた曲ではなかったですか」

柳さんは目を丸くして僕を見た。

「え、じゃ、なに、姉のほうのピアノが気になってんの？」

うなずいた。もちろんだ。情熱的で静かな音というものを初めて聴いた。

「なんで？　姉のピアノは普通のピアノだったじゃない。たしかに、きっちり弾けてたよ。でもそれだけだろ。おもしろいのは断然妹のほうだと思うけど」

普通のピアノだったのか。あれが普通なのか。僕にはピアノの経験がないから、少しうまく弾ける人のことも、とてもうまく見えてしまうのかもしれなかった。雛鳥がぴよぴよ鳴きながら親鳥の後をついて歩く姿が頭に浮かんだ。初めて調律に来て、初めて見た顧客が弾いたピアノ。だから特別に思えたのか。

——そう思いかけて、違うと思った。普通じゃなかった。明らかに、特別だった。音楽とも呼べないかもしれない音の連なり。それが僕の胸を打った。鼓膜を震わせ、肌を粟立たせた。

「あの子のピアノはいいな」

柳さんは言って、それから付け足した。

「妹のほうな」

僕もうなずいた。妹も、よかった。妹のピアノには勢いと彩りがあった。だからこそ、あれ以上明るい音を欲しがる理由がないように思えたのだ。

「あ」

車のアクセルを踏んでゆっくりと動き出す。

「どうかした?」

助手席の柳さんが僕を見る。

「明るい音」

明るい音が必要なのは「妹」ではなかった。きっとあの「妹」は自分の音を知っている。「姉」の音も把握している。自分のための明るさではなかったのだ。静かなピアノを際立たせるのは、暗い音とは限らない。明るい音を望んだのは、「姉」のためだったのではないか。

「なるほど」

僕がうなずくのを、柳さんが横目で見る。

「なんだ？　気持ち悪いなあ」

「姉妹っていいですね」

今度は柳さんも、なんだ、とは言わなかった。

「特に、ふたごな」

「ええ」

「ふたりしてピアノがうまくて、ふたりしてかわいいふたごな」

柳さんは助手席で足を伸ばしながら機嫌よく言った。

果たして、僕が特別だと感じたピアノがほんとうに特別なのかどうかはよくわからない。ただ、初めて調律に訪れた家のこと、そこにいたふたごのこと、ピアノの音色、必要な明るさ。その一番いい状態のために働けるのなら、これからもこつこつこつこつし続けようと思った。

町が華やいで見えるのは、きっとオンコの実が色づいたせいだ。街路樹の赤で、見違えるように通りが明るい。山中の実家で暮らしていた頃は、道端のオンコやコクワ、ヤマブドウが熟すのを待って、学校の行き帰りに一粒ずつ口に入れて歩いた。

「誰も食べないんでしょうか」

隣を歩く柳さんに聞くと、え、と聞き返された。

「もしかして街路樹って公共のものだから取っちゃいけないことになってるんですか」

「何の話？」

「オンコです。今年は秋が遅いですね」

そう言ってから、街ではオンコをイチイと呼ぶのだったと思い出した。

「よく知ってるよなあ」

柳さんが感心したように言う。

「木の名前なんて俺ぜんぜん知らないよ。そういうのってどこで覚えるの？」

どこでだろう。意識したこともない。気がついたら知っていた。まわりにあったからだ。サケやホッケやアメマスを見分けるのと同じように普通の、知識と呼ぶほどもない知識だと思っていた。

「木の名前を知っていても、それだけのことです。役に立つこともありません」

颪の名前や雲の名前を知っているほうが、山ではずっと役に立った。変わっていく天気をほぼ正確に予報することができる。

木は木だった。僕が名前を知っていようがいまいがおかまいなくそこにあって、春には芽を出して葉を生やし、秋になれば実をつけた。実は熟れて、やがて木から離れる。子供の頃、秋の日に森で遊んでいると、そこかしこでぽとぽとと実の落ちる音がした。それは僕の心をひっそりと落ち着かせてくれた。僕がいてもいなくても、木の実は落ちる。そう思うと安らかな気持ちになった。ぽと、ぽと、という音を聞きながら安心して遊んだ。十歳になった秋、このまま森に倒れてたとえ呼吸を止めてしまっても木の実は落ちるのだ、と思ったら解放感が足下からじわじわと這い上ってきた。僕は自由だ、と思った。けれども、ここで朽ち果ててしまうこともできる自由の背後から、寒さや空腹がしのび寄る。するとたちまち生身の不自由さを思い出すのだった。

「花の名前もわかるんだろ?」

聞かれて我に返る。花の名前。山に咲く花なら知っているものもある。でも花屋で売られている花はわからない。

「花の名前を知ってるってかっこいいよなあ」

「そうでしょうか」

「そうだよ」

柳さんは続けた。

「知らないっていうのは、興味がないってことだから」

花の名前の話をしているはずなのに胸が痛んだ。音楽への素養のなさを指摘された気がした。花の名前よりも、木や雲や風の名前よりも知っていなければならないことがある。先ほど訪ねた客先で、有名らしいピアニストの音色について質問され、僕は何も答えられなかった。

「俺の見てる景色とは違うものが見えてるんだろうな」

柳さんは言った。ほんとうにそう思う。僕には見なきゃいけないものがたくさんある。

「木の名前を知ってるのは、ただそれだけのことなんかじゃないさ。実際、役に立つと思う」

なぐさめてくれているのだろうか。少なくとも、調律の役に立つことはないだろう。

「話題が乏しいより豊富なほうがいい、という意味ででしょうか」

柳さんは客先での評判がいい。無論、調律の技術が高いことが第一の理由だろうけれど、話が上手なことも一因だろう。相手のどんな話題にもついていけるし、気の利いた会話を続けられる。そのたびに僕はせいぜい傍でうなずいているぐらいしかできない。

「話術とか教養とかそういう意味じゃなくてさ。もっと調律の本体に役に立つと俺は思う」

調律の本体。どういうことか、よくわからない。僕はまだそのまわりをぐるぐるまわっているだけの見習いだった。

「なるべく具体的なものの名前を知っていて、細部を思い浮かべることができるっていうのは、案外重要なことなんだ」

わからない顔をしていたせいか、柳さんはちょっと考えてから例を挙げてくれた。

「たとえば」

柳さんの「たとえば」は難しい。たとえが遠回りなことが多いのだ。うまく真ん中にたどり着くには聞く側にも技術が必要だということがこの頃やっとわかってきた。

「チーズ、好き？」

「好きです」

チーズは好きだ。たとえだとわかっていても他に答えようがなかった。

「俺もさ、好きだったんだよ。普通に好きだと思ってた。でも、つい最近、どこだかで賞を獲ったっていう本場のカビのチーズを食べたら、びっくりしたさ。常識の範疇を越えてるっていうか、これ普通食えないだろっていう匂いなんだな。でも、あれが多くの人に認められて賞を獲るんだ。うまいうまいって食べる人がいるんだ。味覚って奥が深いよ」

歩きながら黙って考えていた。調律とチーズがどう結びつくんだろう。

「でもさ、外村、お客さんにチーズみたいな音に調律してくださいって言われたらどうする」

足を止めて、柳さんを見た。

「まずは、チーズの種類を確認します。ナチュラルか、プロセスか。それから熟成の具合を尋ねると思います」

色や、匂いや、やわらかさ、もちろん味も、発酵と熟成の具合によってある程度想像できる。そこから音をたぐっていくのはどうだろう。

「なるほどなあ」

柳さんは笑顔になって、二度うなずいた。

「牧場で暮らしてたんだっけ」

「いえ」

僕も笑った。

「近くに牧場があったんです。そこでチーズもつくられていました」

そうだ、前にも似たような話をした。そのときは、牧場の鶏の卵だった。ゆで卵、といわれたときにぱっと思いつくイメージが多ければ多いほどいいという話になった。あのときも、客先からの帰りだった。

「半熟が好きな人と、かたゆでが好きな人がいるよな」

そうだ、たしか、あのときの柳さんは少し不服そうだった。

「半熟でも、とろっとろがいい人もいれば、しっとりしてる程度でいい人もいる。ちなみに俺はしっとりぐらいがいい。塩とオリーブオイルをちょっと垂らして食べると最高だよな」

ゆで卵にオリーブオイルをかけて食べたことなんてない。そもそもオリーブオイル自体、アパートの台所にも実家の台所にもなかった。

「とろとろとしっとりのどっちが偉いってわけでもない。それはただの好みだ。もちろん、かたゆでもだ。かたゆでを好む人が幼稚だというわけでもない」

もちろん、幼稚なわけはないだろう。僕は断然かたゆでが好きだ。あのほろほろっと崩れる、きめの細かいひよこ色を食べるたびに、こんなに完璧な食べものがあるものかと思う。

「要するに、好みの問題なんだ。ピアノにどんな音を求めるのか、それはお客さんの好み次第だよ」

ようやく話がつながった。直前に訪れたお客さんのリクエストを、柳さんは不満に感じているらしかった。といっても、かたゆで卵にしてください、と言われたわけではない。かたい音にしてください、と言われたのだ。柳さんの比喩はわかりにくい。

「蒸したアスパラガスに添えるのは、温泉卵に近いようなとろとろのゆで卵がいい。それをソースのようにからめて食べるとおいしい。だろ？　お客さんはそれを食べたことがあって、その上で尚、かたゆでがいいと言っているのか、もしくは、ゆですぎた卵しか知らなくてかたゆでがいいと言っているのか、その辺の見極めが難しいんだ」

　わかりにくいけれど、なんとなく、わかった。

「かたい音がいいとか、やわらかい音がいいとか、何を基準にしているのか確認しないと」

　そのときのお客さんは、できるだけかたい音で、と注文をつけてきた。ところが、できあがりの音を聴いて、なんだか音がゴツゴツしている、と不満そうだったのだ。結局、すべての音を少しずつ調整し直して、余計な時間と手間がかかった。

「やわらかい音にしてほしいって言われたときも、疑わなきゃいけない。どのやわらかさを想像しているのか。必要なのはほんとうにやわらかさなのか。技術はもちろん大事だけど、まず意志の疎通だ。できるだけ具体的にどんな音がほしいのか、イメージをよく確かめたほうがいい」

　水から八分の半熟卵なのか、十一分くらいのそれなのか。あるいは春の風のやわらかさか、カケスの羽のやわらかさか。

たとえイメージを共有できたとしても、そこからが遠い。そのやわらかさを具現化するのが調律師の仕事なのだ。

「言葉を信じちゃだめだっていうか、いや、言葉を信じなきゃだめだっていうか」

ひとりごとのように言って、柳さんは高い空を見上げた。青く澄んだ空の向こうに目指すところがあるみたいに。だとしたら、柳さんよりずっと下にいる僕は、柳さんよりもっともっと高く見上げなきゃいけない。果てしないところを睨《にら》むには首が疲れてしまって、街路樹のオンコの赤い実に目を戻した。


調律師にもいろんな人がいる。やり方もいろいろだ。たまたま柳さんの下で見習いをさせてもらえてよかった。お客さんの音の好みを丁寧に聞く柳さんのやり方で僕も調律をするようになるのだろう。

言葉はいらない、と言う人もいる。いい音はいい。どんな音が欲しいかと聞かれて正確に表現できるお客さんなど滅多にいない。それならば、こちらからいい音を提示してしまうほうが早い。たいていはそれで満足してもらえる。——実際にそうなのだろうと思う。僕も、どんな音がいいか、どんな音が欲しいのかと問われたら、困ってしまう中のひとりだ。言葉は頼りにならない。

それでも、弾けばわかることがある。どんな曲が好きか話すだけで伝わるものもある。

演奏者の年齢やピアノの腕前、そのピアノの特性、ピアノの置いてある部屋のつくりによっても、選択肢が変わる。さまざまなピースを組み合わせて、最もふさわしい音になるようつくっていく。

「型があるんだよ」

そう言ったのは秋野《あきの》さんだ。四十代前半で、痩せて、銀縁の眼鏡をかけている。年齢の割にまだ小さい女の子がひとりと、生まれたばかりの男の子がいるそうだ。そのせいもあってか、店内がどんなに立て込んでばたばたしていても定時には帰ってしまう。日中は調律に出かけていることが多いから、あまり顔を合わせる機会がない。秋野さんがどんな調律をして、どんな音をつくっているのか、僕は知らない。できれば秋野さんの音を聴きたいし、仕事の話も聞かせてほしいと思っていた。

「何の型ですか」

「お客さんの型」

ときどき、お昼に事務所でお弁当を食べていることがある。かわいらしく包まれたお弁当は、何の加減か、持ってくる日とこない日があるようだ。ギンガムチェックのナプキンの結び目を解きながら、話してくれた。

「とりあえず音程が合っていてきれいに鳴ればそれでいいっていう人は多い。音色に注文をつける人のほうが稀だ。で、注文のないタイプと、あるタイプ。二つの型ってわけだ」

「その二つで調律の仕方を変えるんですか」

「うん」

秋野さんは平然とうなずいた。

「求められてないところでがんばっても得るものはない」

「音色のわかる人のところにだけ注文に応えるっていうことですね」

わからないだろうと思われて一律の調律しかしてもらえない人のことを思うと胸が重たくなる。もしかしたらわかるようになるかもしれない。秋野さんの調律した音を聴いてピアノに目覚める可能性だってあるのではないか。

もしも、学校の体育館に置かれているピアノだからといってあのときの板鳥さんがおざなりな調律しかしなかったとしたら、僕はここにいない。今とはまったく別の、ピアノとは無縁の場所で生きていただろう。

「あとさ」

秋野さんはお弁当箱の蓋を開けておかずを確認したらしく、ほんの一瞬顔をほころばせてから、僕のほうへ顔を向けた。

「注文にも型があるじゃない」

結局は型通りの注文しかされないということだろうか。そういう注文しかされたことがないのは、つまらないことのような気がした。

「たとえばさ、ワインの香りや味を表現するときの型みたいな」

「えっと、どういう……すみません、ワインを飲んだことがないんです」

秋野さんは小さく首を傾げた。

「下戸？」

二十歳だからだ。初詣と秋祭りのお神酒《みき》を口にしたことくらいしかない。専門学校では実習や課題が厳しくて酒を飲む余裕もなかった。この店に入って初めて、歓迎会でビールを飲んだ。でも、ぜんぜん盛り上がらなかったではないか。みんな静かに自分の酒を飲んでいた。ありがたいことに新人の僕も放っておかれた。

「飲んだことがなくても、聞いたことぐらいはあるんじゃないの。ワインの馥郁《ふくいく》たる芳香だとか、雨上がりのキノコのような香りだとか、ビロードのようになめらかなテクスチャーだとか」

僕は曖昧にうなずいた。

「そういう形容の型みたいなものがあるんだよ。調律も似てる。お客さんとのやりとりの中で使う言葉には型がある」

「馥郁たる音色とかってことですか」

「うん、明るい音、澄んだ音。華やかな音ってリクエストも多いな。そのたびにいちいいち考えて音をつくってたら大変だ。明るい音ならこのメモリ、華やかな音ならこれ、って決めておくんだよ。それでいいんだ」

「形容する型に合わせて、調律の型を選ぶってことですか」

「そう」

秋野さんはタコの形に切ってある赤いウインナーを箸でつまんだ。

「一般家庭に調律に行くんだ。それ以上求められてないし、やっても意味がない。むしろ、へたに精度を上げると」

ウインナーを口の中に入れ、くぐもった声で続けた。

「……弾きこなせないんだよ」

無造作に放たれた言葉だった。何も言えなかった。秋野さんは、昔、ピアニストを目指していたと聞いた。音大のピアノ科の大学院まで出て、しばらく活動したものの、調律の専門学校へ入り直した。その人が、弾きこなせない、と言う。無論、自分がではなく、お客さんがだろう。虚しかった。どんな人にも弾きやすい、弾きこなせる、そういうピアノがいい。でも、普通の弾き手は、完璧に調律されたピアノに負けてしまう。

ほんとうだろうか。

ほんとうではないかもしれないのに、それは単に秋野さんに見えているだけの風景かもしれないのに、気圧《けお》されていた。十数年の実績のある調律師であるとともに、それ以前はピアニストを目指していた人だ。僕には見えないものが見えているのかもしれなかった。

日が短くなってきている。客先を出ると、もう翳っていた。

「悪いけど、俺、今日直帰していい？」

駐車している車の近くまで来て、柳さんが言った。

「わかりました。鞄は店に運んでおきます」

「悪いな」

調律の道具の詰まった鞄はけっこうな重さになる。鞄と呼ぶけれど、柳さんはキャリーバッグを使っている。トランクやアタッシェケースを使う人もいる。

「実はさ、今日、これからちょっと大事な用事があって」

「そうですか」

柳さんは不服そうに僕を見た。

「なんでそんなにあっさりしてるんだよ。大事な用事って何ですか、って聞かないか普通」

「すみません。大事な用事って何ですか」

いいよもう、と口を尖らせていた柳さんが顔を上げる。目が笑っている。

「実はさ」

急に真顔になった。

「彼女に指輪を渡すんだ」

「彼女……指輪……」

ばかみたいに繰り返してようやく意味がわかった。

「がんがってくだはい」

僕が言うと、柳さんはおもしろそうに僕を見た。

「なんで外村が緊張してるの」

「すいまへん」

頭を下げた僕に、柳さんが笑う。

「へんなやつ」

手を上げて柳さんと別れた。白い軽の社用車にひとりで乗る。夕暮れで山の端が桃色に染まっていた。

信号待ちをしている目の前の横断歩道を、高校生が連れ立って通っていった。近くに高校がある。ちょうど下校時間だろうか。ハンドルに手を載せたまま、ぼんやりと前を見ていると、女子高生の中のひとりが足を止めたのが、視界の隅に入った。なんとなくつられてそちらを見る。立ち止まっている子と目が合った。すぐにわかった。あの子だ。

とても魅力的なピアノを弾くふたご。ふたごのどちらかはわからないけれど。フロントガラス越しに会釈をすると、横断歩道に立ったままこちらへ向かって話しかけてきた。

「調律の方ですよね」

窓を開けて、はい、と答える。まだ見習いだけど。彼女は隣の子に何か言うと、車のほうへ駆けてきた。

「よかった、ここで会えて。さっき和から——姉から連絡が来て、ラの音が出ないって。でも柳さんの仕事が混んでて、今日は行けないって言われたそうなんです」

姉から、ということは、この子は妹の、たしか、由仁という子だ。柳さんはふたごのピアノを高く買っていた。特に、由仁の。それでも今日は行けないと判断したのだろうか。それとも電話を受けたであろう、事務の北川《きたがわ》さんが断ったのだろうか。

「これから見てもらえないでしょうか」

役に立ちたいのは山々だし、何より、音の出なくなってしまったピアノを修理したい気持ちは大きい。でも、正直に言うしかなかった。

「すみません、僕はまだ技術が未熟なので役に立てないと思います」

「まだ調律師じゃないってことですか」

あきらかに落胆した口調だった。

「いえ、調律師です」

ただ、とか、でも、とか、先を続けたい衝動に駆られたが、ぐっと飲み込んだ。調律師だ。調律師なのだ。言い訳をしている場合じゃない。

「じゃあ、お願いします。見てください」

横断歩道のまんなかで、ぱっと勢いよく頭を下げる。やっぱり、由仁だ。この子はまるでこの子の弾くピアノみたいだ。

「確認します。少しだけ待ってください」

信号が変わりそうだった。青になるのを待って横断歩道を越え、そこで路肩に寄せて停める。店に電話を入れ、電話に出た北川さんに手短に状況を説明した。

「僕が行っていいですか」

北川さんはおっとりと言った。

「いいんじゃない」

「では、行ってみます。何かあったらまた連絡します」

「柳くんには連絡しといてあげるわよ。今日は大事な用があるって聞いてるから、明日になりますって言っちゃったのよね」

「わかりました。よろしくお願いします」

断ったのはやはり北川さんだったらしい。

彼女に指輪を渡すことがどれくらいの事件なのか、見当もつかない。大げさではなく、想像できないのだ。彼女に指輪を渡す。簡単なことのようにも、そんな瞬間は僕には永遠に来ないようにも思えた。でも、なんとなく柳さんなら、鳴らなくなった鍵盤を先に修理してから彼女に会いにいくんじゃないかという気がした。ただの願望かもしれない。

電話を切った頃には、由仁はすでに友達と別れて僕を待っていた。

「乗っていきませんか」

左側の窓を下ろして言うと、すぐに助手席に乗り込んできた。

「後ろに乗ってください。そのほうが安全です」

「近くだから、このままでいいです。後ろ、荷物も積んであるし」

そうだった、ふたりぶんの調律道具を座席に置いているのだった。僕はゆるやかに車を発進させた。彼女はシートベルトをしながら後部座席を振り返った。

「あれ、何か落ちてる」

何だろう。ここで鞄を開けてはいないから、調律の道具ではないはずだ。

「小さくてきれいな箱」

心当たりがないので黙っていた。

「リボンがかかってる」

はしゃぐような声になった。

「指輪のケースみたい」

「えっ」

ちょうどまた信号に引っかかった。サイドブレーキを引いて、後部座席を振り返る。ほんとうだ。座席の下に、包装された小さな箱が転がっている。柳さんが落としていったに違いなかった。渡すはずの指輪を落として、柳さんは今頃どうしているだろう。でも、横断歩道から直談判してきたときの緊張したままだった由仁の顔が指輪のおかげでほころぶのを見て、僕はひそかに柳さんに感謝した。手を伸ばして箱を拾い、ダッシュボードの上に置く。フロントガラスに深紅のリボンが花みたいに映った。

由仁の家はそこからすぐだった。

「ただいま！　調律師さん連れてきたよ！」

由仁の声に、ふたごの姉の和音が奥の部屋から出てきた。

「よかった！」

「今日は弾けないかと思ったら悶々として夜も眠れないところだったよ、ねー」

「ねー。悶々悶々として、ねー」

悶々悶々というのがどういう状態なのかよくはわからなかったが、それほどの一大事だったのだろう。

すぐにピアノの蓋を開けて確認する。端から順に弾いていくと、戻らない鍵盤があった。

「ああ、これは」

　僕が言いかけると、

「直りますか」

「直りますね」

　ふたごがほとんど同時に言った。

「だいじょうぶです」

　鍵盤とハンマーをつなげるフレンジが固くなっているだけだ。わずかな調整で元に戻すことができる。

「この季節は湿度に注意してください」

　ピアノは木でできた精密な楽器だ。湿度に注意するよう、調律師なら誰でも叩き込まれている。専門学校でも再三教え込まれた。本州にあった専門学校では、秋冬は湿気に気をつけるよう言われてきた。湿度が高いと木が膨張する。螺子《ねじ》が緩む。鋼は錆びる。音はあっけなく変わってしまう。でも、ここでは違う。湿度で音が変わってしまうのは同じだが、秋冬に気をつけなければいけないのは、乾燥だ。湿度の低さのほうなのだ。

「ありがとうございます」

　ふたごの声が揃った。

「たぶんこれでもうだいじょうぶだと思います」

試しに鍵盤を押すと、自然にハンマーが上がった。簡単な作業だった。

「ちょっと弾いてみていいですか」

「もちろんです」

由仁がピアノの前の椅子にすわった。和音もすわった。ああ、このための椅子二脚だったのだ、と思うまもなく連弾が始まった。

音の粒がぱっと広がった。くるくるくるっとした曲だった。何という曲なのか知らない。ふたごたちはいきいきとしていた。黒い瞳からも、上気した頰からも、肩先に垂らした髪の先からも、生きるエネルギーが立ち上るようだった。そのエネルギーを指先で変換してピアノに注ぐ。それが音楽に生まれ変わる。たしかに楽譜があって、そこに必要な音符が書かれているのだろうけれど、奏でられる音楽は完全にふたごたちのものだった。今ここで聴いている僕のためのものだった。

「素晴らしかった」

力を込めて拍手をした。

素晴らしいという言葉だとか、拍手だとか、僕からはそんな音しか出せないのが歯がゆい。こんな言葉で、こんな拍手で、今のふたりの演奏を称えられるとは思えない。

「ありがとうございました」

ふたごがにこにことお辞儀をする。

「こんなによろこんでもらったのは初めて」

「うん、初めて。ねー」

「ねー」

そんなわけはないだろう、と思う。そんなわけがない。謙遜しているのだろう。

「うれしいもんだねー」

「ねー」

ふたごの一方は両手を頬にあて、もう一方は片手で頭をかいたりしている。なんとなく、どちらがどちらか見分けがつくようになってきた。

「それでは、僕はこれで」

帰ろうとすると、ふたごに引き留められた。

「乾燥のせいでしょうか、いつもより少し全体的に音程が上がっているような気がするんです」

「微妙に気持ち悪い感じがします」

口々に言い出した。確かに少し気になるところはあった。でも、おかしいと言うほどではない。触らなくてだいじょうぶだと思った。触るとしても、僕じゃない。柳さんだ。

それなのに、魔が差したとしか言いようがない。今の連弾で、完全に胸が熱くなってしまっていた。できるんじゃないか。微妙なずれだけを直せばいい。ふたごがもっと気持ちよくピアノを弾けるように。

　ピアノは一台ずつ違う。わかっているつもりで、わかっていなかったのだ。初めて触るピアノ。乾燥しすぎている部屋。暑くないのに汗をかいた。緊張しているつもりもないのに指が震えた。わずかに回せばいいだけのピンを回しすぎてしまう。戻そうとして指が滑る。いつもなら難なくこなせる作業に途轍《とてつ》もない時間がかかった。少しだけ、少しだけ、と思いながら、望まぬほうに音がずれていくのがわかる。粒はまったく揃わない。やればやるほどずれて、焦ればさらに音の波をつかまえられなくなった。時間ばかりがどんどん経ち、嫌な汗をぐっしょりかいた。今まで習ってきたことも、店で毎日練習していることも、どこかへ飛んでしまった。

　そのとき、胸のポケットに入れていた携帯が震えた。ピアノから離れ、表示を見る。柳さんだった。今最もかけてきてほしくない相手であり、最もかけてきてほしい相手でもあった。

「悪い。俺だけど。指輪——」

「ありました」

　間髪を入れずに答える。

「ああ、よかった。焦った」

　それから柳さんは、ん、と疑問形で言った。

「ん、どうした、外村。何かあったの」

テレパスか、と思う。こちらの気配が伝わったのだろうか。観念した。

「柳さん、すみません。明日の朝一で調律を一件入れていただきたいんです」

気力を振り絞って、電話の向こうの柳さんに頭を下げた。

「佐倉《さくら》さんのところ、今見ているんですが、触ってかえってだめにしてしまいました」

柳さんは三秒ほど黙っていてから、わかった、と言った。

なさけなかった。それ以上に、申し訳なかった。どうしても今日弾きたくて僕を見つけて連れてきたのに、結局は僕がだめにしてしまった。ふたごに申し訳ない。今日はもう弾けない。柳さんにも申し訳ない。店にも申し訳ない。勝手に触って勝手にだめにして、明日調律をし直すとしても代金は取れないだろう。

「でも」

ふたごのひとりが言う。じっと黙って部屋の隅で見ていた。たぶん、由仁だ。つかつかとピアノのそばに寄ってきた。

「この音、すごくいいでしょう」

ポーン、と弾いた基準のラの音は、僕の動揺とは遠く離れ、澄んでのびやかだった。

「それで、そこに合わせようとした、ほら、この音もいい」

ポロン、隣の鍵盤を叩く。ポロン、ポロン。その隣も。その隣も。

「生意気かもしれないけど、やろうとしてること、すごくよくわかったんです。凜とした音でした。欲しかった音だ、って思いました。だから、うまくいかなくてもぜんぜん嫌な感じじゃなかった。たぶん、もうちょっと、ほんのちょっとの何かなんだと思います」

和音も口を開いた。

「私もそう思います。いくらうまくまとまってたって、全部冴えない音に合わせられちゃったらがっかりだもの。これくらい挑戦してる音、私も好きです」

挑戦か。僕は何に挑戦しようとしたのだろう。唇を嚙むしかない。挑戦などしていない。ただの身の程知らずだった。

「申し訳なかったです」

頭を下げたとき、思いがけず涙が滲みそうになった。

「明日の朝、柳が――いつもの調律師が、来ます。ほんとうにすみませんでした」

「いいえ、無理に頼んだのはこっちですから」

もう一度謝ってから、部屋を出た。鞄がやけに重かった。ぜんぜんだめだ、と思った。秋野さんのことをとやかく思うのは僕には百年早かった。

マンションを出て、駐車場へ向かう。白い軽が、ダッシュボードに指輪を載せて停まっている。

夜になって、急激に気温が下がっていた。フロントガラスが曇る。のろのろと運転して、クラクションを何度も鳴らされながら帰った。

店に戻ると、一階のシャッターは下りているものの、二階にはまだ電気がついていた。そう遅い時間ではないが、ピアノ教室が入っていない曜日には、六時半に店を閉めてしまう。人が残っていないといいと思った。

通用口から入って、二階へ上る。二つ提げた鞄が重い。誰もいないことを期待してドアを開けると、今日に限って板鳥さんがいた。出先から戻ったばかりなのか、外出用のジャケットを着ている。まともに顔を見ることができなかった。あんなに憧れたのに。板鳥さんから学びたいことがたくさんあったはずだったのに。僕の技術は未熟などという域にさえ達していない。板鳥さんに教われることなど何ひとつないだろう。

「お疲れさまでした」

穏やかな声をかけられて、いえ、としか言えなかった。それ以上口を開くと気持ちが崩れてしまいそうだった。

「どうかしましたか」

「板鳥さん」

震えそうになる声を抑える。

「調律って、どうしたらうまくできるようになるんですか」

聞いてから、ばかな質問だと思った。うまくどころか、調律の基本さえできなかった。半年間は先輩について見て覚える。そういう決まりなのに、勝手に破ったのは自分だ。もう少しのところでふりかえって、亡き妻が冥界へ戻ってしまったオルフェウスの神話を思い出した。ほんとうにもう少しだったんだろうか。近くに見えて、きっとほんとうは果てしなく遠かったのだろうと思う。

「そうですねえ」

板鳥さんは考え込むような顔をしてみせたが、実際に考えていたのかどうかはわからない。板鳥さんのつくる音が、ふっと脳裏を掠《かす》めた。初めて聴いたピアノの音。僕はそれを求めてここへきた。あれから少しも近づいてはいない。もしかしたら、これからもずっと近づくことはできないのかもしれない。初めて、怖いと思った。鬱蒼とした森へ足を踏み入れてしまった怖さだった。

「いったいどうしたら」

僕が言いかけると、

「もしよかったら」

板鳥さんがチューニングハンマーを差し出した。チューニングピンを締めたり緩めたりするときに使うハンマーだ。

「これ、使ってみませんか」

差し出されたまま柄を握った。持ってみると、ずしりと重いのに手にひたっとなじんだ。

「お祝いです」

お祝いという言葉の意味を計りかねて、怪訝そうな顔をしていたのだろう。

「ハンマーは要りませんか」

聞かれて、思わず、要ります、と答えていた。森は深い。それでも引き返すつもりはないのだとはっきり気づいた。

「すごく使いやすそうです」

「すごく使いやすそうなだけでなく、実はすごく使いやすいのです。よかったらどうぞ。私からのお祝いです」

板鳥さんは穏やかに言った。

「何のお祝いですか」

こんな日に。記憶にある限り、僕の人生でいちばんだめだった日に。

「なんとなく、外村くんの顔を見ていたらね。きっとここから始まるんですよ。お祝いしてもいいでしょう」

「ありがとうございます」

お礼の語尾が震えた。板鳥さんは僕を励まそうとしてくれているのだ。森の入口に立った僕に、そこから歩いてくれればいいと言ってくれているのだ。

板鳥さんの使っているハンマーを、一度手に持ってみたいと願っていた。道具の手入れをしているところを何度もこっそり見た。どんな道具を使っているのか、どう使えばあの音をつくり出せるのか、知りたくてしょうがなかった。まさか、こんなタイミングでもらうことになるとは思わなかった。

「板鳥さん、ひとつお聞きしていいですか」

僕はチューニングハンマーを右手に握りしめたまま聞いた。

「板鳥さんはどんな音を目指していますか」

これまでずっと堪《こら》えてきた質問だった。聞きたかったけれど、それを言葉で聞いてしまってはいけないだろうと思ってきた。板鳥さんのつくる音を聴いて、言葉を通さずに、そのままそこを目指すしかない。そう思ってきたはずだった。どうして今聞いてしまえたのか、わからない。欲だろうか。なりふりかまわず、森を歩くどんなヒントでも欲しいと思ったからか。

「目指す音ですか」

板鳥さんはいつも通りの穏やかな顔をしていた。

目指す音は人それぞれでしょう。一概には言えません。そのピアノを弾く人の好みに合わせます。演奏の目的にもよります。——自分で聞いておきながら、先回りして板鳥さんの回答を探している。できるだけ、具体的でない答えがいいと思った。ほんとうに僕がそこだけを目指してしまわないように。

「外村くんは、原民喜《はらたみき》を知っていますか」

原民喜。聞いたことはある気がする。調律師ではなかったと思う。演奏家だろうか。

「その人がこう言っています」

板鳥さんは小さく咳払いをした。

「明るく静かに澄んで懐かしい文体、少しは甘えているようでありながら、きびしく深いものを湛《たた》えている文体、夢のように美しいが現実のようにたしかな文体」

文体、というのが何のことなのかわからなかった。それから、あっと思い当たった。原民喜。小説家だ。高校の現国の時間に文学史で覚えた名前だった。

「原民喜が、こんな文体に憧れている、と書いているのですが、しびれました。私の理想とする音をそのまま表してくれていると感じました」

文体を音に替えたということだろうか。

「すみません、もう一度、お願いします」

もう一度、よくよく聞いておきたかった。

「もう一度だけですよ」

板鳥さんは少しくたびれたジャケットの背を伸ばした。ふたたび小さな咳払いをする。

「明るく静かに澄んで懐かしい文体、少しは甘えているようでありながら、きびしく深いものを湛えている文体、夢のように美しいが現実のようにたしかな文体」

ああ、たしかに。たしかにそうだ。明るく静かに澄んで懐かしい。甘えているようで、きびしく深いものを湛えている。夢のように美しいが現実のようにたしかな音。

それが、板鳥さんのつくり出す音だ。僕の世界を変えた音だ。僕はその音に憧れてここにいる。高校の体育館で板鳥さんの音を聴いてから、高校を卒業するまでに一年半、調律師の学校に通って二年、ここに就職して半年。四年かかって、やっと今、ここにいる。ここから行くしかないではないか。何もないところから、焦らずに、こつこつと。

「おや」

板鳥さんがドアのほうへ目をやった。直後に、ドアが開いて柳さんが入ってきた。

「柳さん」

怒ったような顔をして大股に歩いてきて、さっき僕が運んだキャリーバッグの持ち手をつかむ。

「行くぞ」

どこへ、と聞きそうになってしまった。答えはわかっていた。慌てて自分の調律鞄を取る。

「でも、柳さん、今日は大事な用事が」

言い終わらないうちに遮られる。

「どうせ指輪忘れたんだ。取りに来たんだよ。また彼女のところへ戻る。でもその前に、ちゃちゃちゃっと済まそうぜ」

ちゃちゃちゃっと済ませられるようなものではない。そんなことは柳さんは重々わかっている。

「申し訳ありませんでした」

「初回は誰だってテンパるんだ。しょうがない。外村はちょっと早まっただけだ」

そう言うと、板鳥さんに向かって、じゃお先に、と会釈をした。直帰のはずだったのに、大事な用事のある夜だったのに。

右手に鞄を持ち、左手にハンマーを握り、柳さんの後ろをついていく。挨拶しようとふりかえると、板鳥さんはジャケットのボタンを外して袖を捲《まく》り、調律道具を熱心に磨きはじめていた。

フェルトでできたハンマーの先を、一回、二回、針で刺す。

慎重に、でも迷いなく、さらに何度か刺した後、柳さんはそれを手際よく元の場所に戻した。隣のハンマーに移る。一回、二回、三回。横で僕はその回数を数えるが、回数が重要なわけではないことはわかっている。針を刺す位置、向き、角度、深さ。大事なことは感覚で捉えるしかないのだという。

今日の依頼主は古いピアノをもう一度弾きたいのだと言った。ずっと手入れをしてこなかったから、と恐縮しているようだったけれど、少なくとも外側はきちんと磨かれていて、落ち着いた古い部屋にしっくりとなじんでいた。今はもう存在しない国産メーカーがつくったアップライトピアノだった。誰も弾かず、調律もせず、でも毎日の掃除のたびに埃を払われ、ときには丁寧に磨かれることもあったのだろう。そういう艶を帯びて佇んでいる。

柳さんと僕が訪れたとき、依頼主である年配の女性が遠慮がちに聞いた。

「このピアノ、元に戻るでしょうか」

柳さんはうなずいて、約束した。

「できる限りのことはします」

元に戻ることを約束したのではない。できる限りのことをすると約束したのだ。ピアノを開けて状態を見ないことには、戻せるかどうかわからない。外観からは想像もつかないようなひどい状態だったら、調律だけでは済まず、大がかりな修理が必要な場合もある。

しかし、依頼主は柳さんの返答に満足したようだった。ピアノの鍵穴に真鍮《しんちゅう》の鍵を差し込んで、カチリとまわした。

少し黄ばんだ、象牙の鍵盤だった。柳さんはそれをいくつか押さえて鳴らしてみる。くぐもった音が出た。音程もだいぶ狂っている。でも、想像していたほどではない。柳さんは両手で二オクターブほど鳴らしてから、依頼主の目の前で手早く螺子を外し、前面パネルを開けて床に置く。そうして、弦とハンマーの具合を確かめ、笑顔でふりかえった。

「元に戻せるかとおっしゃいましたね」

やわらかい口調で尋ねる。依頼主がうなずくと、

「だいじょうぶです。元のような音に戻すことは、ほぼ可能だと思います。でも、少し手を入れれば、おそらく以前弾かれていた頃よりももっといい音を出すことができると思います」

そう言ってから、付け足した。

「もちろん、お客様のお望み次第です。元に戻すことに重きを置かれるか、元の音にとらわれずにお好きな音色を追求するか」

依頼主は白髪の混じった髪に手をやって少し考えているふうだった。

「どちらでもいいのかしら」

彼女はおずおずと尋ねた。

「ほんとうにどちらでもいいの？」

「ええ、ほんとうにです。お客様の好きな音にされるのがいちばんです」

柳さんが請け合うと、ようやくほっとしたように微笑んだ。

「じゃあ、元に戻すほうでお願いします」

わかりました、と言ってから、柳さんは思いついたように質問した。

「このピアノはどなたが弾かれていましたか」

「娘です。あんまりうまくならないうちに弾かなくなってしまいました。私もお父さんも弾けなかったから、しかたがないのかもしれないですけど」

彼女は小さな声で話を続けた。

「娘が弾いていた頃はあんまり手をかけてやれなかったんです。このピアノ、本領を発揮できていなかったんでしょう。もっといい音にできるって言ってくださっているのに、元の音でいいなんて、なんだか申し訳ないわね」

いいえ、と伝えたくて僕も柳さんの陰で首を横に振る。どんな音が欲しいかは人それぞれだ。娘さんが弾いていた頃の音色を再現したいと願う気持ちは僕にもわかる気がする。

「では、これから作業に入ります。二時間から三時間ほどかかるかと思いますので、どうぞこちらにはお気兼ねなく普段通りにお過ごしください。何かお聞きしたいことが出てきましたら、また声をかけさせていただきます」

柳さんが目礼し、僕も隣で頭を下げた。

依頼主がピアノの前を離れると、柳さんはさっそく作業に取り掛かった。いつものように音を揃える調律のほかに、今回は整音もある。ピアノの音色をつくる作業だ。

ずらりと並んだハンマーを枠ごと取り外す。鍵盤を叩くと、このハンマーが連動して垂直に張られた弦を打ち、音が鳴る仕組みになっている。ハンマーは羊毛を固めたフェルトでできていて、これが硬すぎてもやわらかすぎてもよくない。硬いとキンキン鳴るし、やわらかいともわっとした音になる。ハンマーの状態を整えるために、目の細かいやすりで削ったり、針を刺して弾力を出したりするのが、整音の決め手になる。

この作業が、肝だ。決め手になるぶん、難しい。やすりで削るのも、針で刺すのも、わずかな加減なのだ。削るべき、刺すべきポイントがあり、その加減は手で覚えるしかない。つくりたい音のイメージに合わせて、ひとつひとつ状態の異なるピアノの、さらにひとつひとつ異なるハンマーに、やすりをかけ、針を刺していく。手間も時間もかかる作業だ。手元が狂えば、そのハンマーは台無しになる。神経を使うだろう、と思う半面、楽しいだろう、とも思う。

柳さんの手元を見つめながら、いつかこんなふうに自分で音をつくれたらいいと思う。そのピアノの個性を見極め、弾く人の特性を考慮し、好みを聞き、音をつくり出す。

柳さんの整音は、小気味がいい。きらびやかな方向に傾かず、たいていは軽やかな音にまとまる。きっと、調律師の人格も音に影響するのだろう。

「ああ、いいわねえ」

調律し終わったピアノの音を聞いて依頼主が目を細めた。

「ピアノの音が戻って、部屋の中が明るくなったみたい」

よろこばれると、うれしい。僕の手柄ではないのだけれど。ピアノの音がよくなっただけで人がよろこぶというのは、道端の花が咲いてよろこぶのと根源は同じなんじゃないか。自分のピアノであるとか、よその花であるとか、区別なく、いいものがうれしいのは純粋なよろこびだと思う。そこに関われるのは、この仕事の魅力だ。

「針、多めに刺してましたね」

店へ戻る車の中で聞いてみた。柳さんは少し疲れたらしく、助手席でシートに凭《もた》れている。三時間近く集中していたのだから、それも当然だろう。

「ブランクの分、ってことですか」

疲れているのがわかっていて質問するのは心苦しい。でも聞かずにはいられない。ハンドルを握っているけれど、ほんとうはメモを取りたい。柳さんからどれだけのことを教えてもらっているだろうか。

「元に戻すために刺したんですよね。ということは、ハンマーにたくさんの刺し痕があったということですか。見た目じゃわからなくても、触った感覚でわかるものなんですか」

いや、と柳さんはシートに凭れたまま目だけを動かしてこちらを見た。

「あのハンマーヘッド、ぜんぜん刺されてなかったんだよ。年季は入ってるのに、まるで新品。当時の調律師が刺さない人だったんだろうな」

「えっ」

針を刺すか刺さないかは、調律師によって考え方に大きな差がある。キンキン鳴りがちな新品に針を刺すことで、やわらかく豊かな音に育っていく。ただし、勘所に刺さなければ、いい音が出ないばかりか劣化を招く。手間がかかる上にリスクがあるから、刺さない調律師も多いのだ。

「じゃあ、あのピアノに多めに刺したのはどうしてなんですか」

「そのほうがいい音になるのがわかっていたから」

驚いて柳さんの顔を見ると、事もなげに言った。

「あのまま燻《くすぶ》らせるには惜しいピアノだった。鳴らしてやらなきゃ」

「それじゃ、元の音とは違ってしまうんじゃないですか」

「純粋に音だけ取り出して較べたら、違うだろうな」

でも、依頼主は「元に戻す」ほうを選んだはずだった。

「元の音、っていうのが問題なんだ。あの人の記憶の中にある元の音より、記憶そのもののほうが大事なんじゃないか？　小さな娘さんがいてピアノを弾いていた、しあわせな記憶」

しあわせだったとも限らないだろう。だけどたしかに、もしも不幸な思い出ばかりだったなら、わざわざピアノをその頃の音にしようとは考えないに違いない。

「あの人が欲しいのは、忠実に再現されたピアノじゃなくて、しあわせな記憶なんだ。どっちみち元の音なんてもうどこにも存在しない。だったら、あのピアノが本来持っていた音を出してやるのが正解だと俺は思う。やさしい音で鳴ったら、記憶のほうがついていくさ」

ハンドルを握って前を見たまま、何も答えられなかった。それを正解としていいのかどうか、僕にはわからない。僕だったらどうするか。依頼通り元に戻すことを最優先したのではないか。でも、元の状態を尊重するあまり、本来のふくよかな音をよみがえらせるチャンスをみすみす逃す――そう考えただけで、つらい。

そう、依頼主の想定できる範囲内での仕事しかできなかったら、きっとつらいだろう。依頼主の頭の中のイメージを具現化する、その先に、調律師の仕事の神髄があるんじゃないか。

「いいハンマーだったな」

柳さんの声が明るい。

「僕もそう思いました。固めてあるはずなのに、ちゃんと羊毛の感触が残っていましたね」

羊のハンマーが鋼の弦を叩く。それが音楽になる。柳さんが丁寧に針を刺したあの白いハンマーは、古く小さいながらその役割をしっかり果たすだろう。

「中東のどこかの国では、羊は豊かさの象徴だと聞いたことがあります」

柳さんは両手を組んで枕のように頭の後ろに当てた。

「それは、単に、裕福な人間は羊を多く所有できるってことなんじゃないの」

「ああ」

綿羊牧場を身近に見て育った僕も、無意識のうちに家畜を貨幣価値に照らして見ている部分があるかもしれない。でも、今こうして羊のことを考えながら思い出すのは、風の通る緑の原で羊たちがのんびりと草を食《は》んでいる風景だ。いい羊がいい音をつくる。それを僕は、豊かだと感じる。同じ時代の同じ国に暮らしていても、豊かさといえば高層ビルが聳え立つ街の景色を思い浮かべる人も、きっといるのだろう。

ときどき、ふたごが店に来るようになった。ふたり揃ってだったり、どちらかひとりでだったり。たいていは学校帰りらしい時間に現れて、書籍コーナーで楽譜を見たり、ピアノ関連の本を見たりしている。店はちょうど学校と家との間にあるから、寄りやすいのだと思う。

ふたごの家のピアノの調律に失敗して以来、どうやら親しみを感じてくれているらしい。特別な用事があるわけでもなさそうで、たまたま顔を合わせると、ピアノの話や、他愛もない学校の話をして、にこにこと帰っていく。

「お仕事中、お邪魔しました」

ぺこんと頭を下げるようすがかわいらしいと北川さんが言う。

「役得ねえ、女子高校生の家の調律師って」

あの家の調律師は、ほんとうは柳さんだ。僕は柳さんについていっただけだ。しかも、失敗している。

今日はめずらしく受付から呼ばれた。下りてみると、ふたごだった。正確には、ふたごのうちのひとりだ。見ただけでは区別がつかない。僕に気づいて、まじめな顔でお辞儀をした。

「こんにちは。お仕事中にすみません」

「いいえ」

和音だ、とわかる。こんな生まじめな顔をするのは和音だ。和音はいきなり、ごめんなさいと頭を下げた。

「いつも勝手に押しかけて、ほんとにごめんなさい」

「いえ、ぜんぜん、だいじょうぶです。どうかしましたか」

聞くと、さらに唇をきゅっと結んだ。

「外村さんなら話を聞いてくれるかなって。すみません」

もう一度謝ってから、和音は話し出した。

「もうすぐ発表会があるんです」

「そうですか」

「由仁は、言ってませんでしたか」

何日か前に由仁がここへ来たけれど、その話はしていなかった。僕が首を横に振ったのを見て、和音は視線を落とした。

「昔からそうだったんです。由仁は気持ちが大きくて、発表会のことなんて特に気にもしていない。たぶん、楽しめればいい、くらいに思っていて自由奔放に弾くのに、ほんとうに楽しいピアノが弾けるんです。練習だって、しない日はしない。私はとてもそんなことはできないから、つい練習しちゃう」

「すごいね」

「由仁はすごいんです」

とうなずくので、

「和音さんがすごいと思う」

正直な感想を言ったら、

「すごくないです」

即座に否定された。

練習って、つい、するものだろうか。僕はピアノを弾かないからほんとうのところはわからないけれど、つい、練習してしまうのだとしたら、それはすごいことなんじゃないか。

「練習するのが好きなだけです。弾けなかった曲が弾けるようになるとうれしいんです。家で弾いたら、家族も、ピアノの先生も、私をほめてくれます」

淡々と、和音は話した。謙遜している感じでもなかった。ほめてくれますが、それがどうだと言うのでしょう。たぶん、和音はそう思っている。そしてきっとそれは正しいのだろう。ほめてもらうためにピアノを弾くのではない。

「でも、本番になると、由仁なんです。由仁のほうがいい演奏をしてしまう。練習では私のほうがよかったはずなのに。たとえば、発表会だとか、小さなコンクールに出たときも、たくさん拍手をもらえるのは由仁のほうなんです」

少しだけ、わかる。由仁のピアノのほうがわかりやすく胸を打つ。

不意に、二つ違いの弟のことを思い出した。家で将棋をするといつも僕のほうが強いのに、町の大会に出ると僕を負かした。家で力を抜いているわけでもないのだろう。ただ、本番に強いとか、勝負運があるとか、そういう人ってほんとうにいるのだ。

「それは、本番で、和音さんがミスをするということ？」

「いいえ」

和音は毅然と胸を張った。

「由仁の出来がひとまわり上を行くんです。あの子は、本番に強い。あの子には華がある。ここぞというときに力を発揮して、聴く人の心をとらえる演奏ができるんです」

「それなら、いいんだよね。和音さんが本番で力を発揮できなくて、二番手だった由仁さんが繰り上げ当選する、ってことじゃないんでしょう。和音さんはちゃんと和音さんのピアノが弾けている。それなら、かまわないじゃない？」

和音は目を見開いて僕を見ていたが、やがてぱちぱちと瞬きをした。

「ほんとだ」

それからゆっくりと唇の両端を上げて微笑んだ。

「私が本番でだめになるわけじゃない。だから私が気にすることじゃないんですね」

ほんとうは、僕は、弟を恨んだ。ここ一番のときにいいところをさらっていってしまう弟がうらやましかった。でも、気づかないふりをした。運があるとかないとか、持って生まれたものだとか、考えてもしかたのないことを考えはじめたら、ほんとうに見なきゃいけないことを見失ってしまいそうだった。

「どうもありがとうございました」

お邪魔してしまってほんとうにすみませんでした、と二度ばかり頭を下げて和音は帰っていった。僕はただ和音が由仁をうらやましがったりしないといいなと願うばかりだ。嫉妬は、されるよりするほうがつらい。

事務所への階段を上りかけていると、外から帰ってきたらしい柳さんが追いついてきた。

「めずらしいな、今の和ちゃんだろ」

機嫌のいい声だ。帰る和音とすれ違ったのだろう。

「柳さんはふたごのどちらがどちらか区別がつくんですね」

キャリーバッグを提げた柳さんは、不思議そうに首を傾げた。

「何言ってんの、外村」

「そうですよね、ふたごが小さい頃から柳さんはあの家に通ってるんですよね」

「外村さ、俺をいくつだと思ってんの。ふたごが小さい頃は俺だって小さいよ」

「すみません」

僕とふたごが三つか四つ違いのはずだから、柳さんとふたごは十歳違いくらいだろうか。柳さんが調律師としてふたごの家に行くようになった頃、ふたごは何歳だったのか、

と考えていると、

「制服が違うじゃん」

「え」

「顔だけじゃわからなくても、制服見れば誰でもわかるよ」

あきれたように言った。

「もしかして、気づかなかったとか」

「あ、ああ、そういえば」

柳さんはにやにやしている。

言われてみれば、制服が違った。いつだったか、別々の高校に通っていることを、和音は由仁のほうが成績がいいからだと言い、由仁は和音がピアノのことしか考えていないからだと笑った。

「成績はほとんど同じ。ただ、数学だけ私のほうが得意で。数学って一回気合入れて解けば次も解けるって思えるのに、和音はピアノ以外のことに気合を入れるつもりがないんです」

一卵性双生児というのは見た目だけでなくすべての遺伝子が同じはずだから、何が細かな差になって表れてくるのかわからない。でも、数学が得意か苦手か、どの高校でどんな友達と知り合ったか、そういう差が顔にも動作にも表れてくるのだろう。もちろん、ピアノにも。

「おまえ、ふたごのことになると一所懸命なくせに、制服の違いもわかってないとか、なんなの」

べつにふたごに一所懸命なわけじゃない。ふたごのピアノが好きなだけだ。

「俺はふたごがこれからどうなっていくのか楽しみだよ」

僕もだ。ふたごのピアノ。それは僕も楽しみにしている。

入社二年目になった。今年は新入社員が入らなかったので、僕が一番下っ端なのは変わりない。小さな職場だから新入社員が来るほうがめずらしいのだけど、それでも来ないとわかったときはほっとした。自分より優秀な後輩が来たら、どう対応していいのかわからない。そして、ほとんどの新人調律師のほうが僕よりはまだ優秀であるに違いないのだった。

僕は相変わらず、音を揃えるのに手間取った。正確に言うなら、揃えるところまではなんとかできるけれども、そこから先に進めなかった。音色を決める。最も大事なところで四苦八苦していた。

「目を瞑《つぶ》って決めるんだ」

柳さんは忠告してくれる。僕は飲み込みも早くない。聞き返すしかない。

「えいやっと、ですか？」

「違う違う、目を瞑るっていうのは破れかぶれになるって意味じゃない」

親切に説明してくれた。

「たとえば、料理人は味見のときに真剣になるって言うだろ。息を整えて目を瞑って、一度で味を決められるように。調律師も、一度で音を決められなかったら、迷い続けることになる」

目を瞑って、とメモを取っている僕を見て、柳さんは慌てて訂正した。

「目を瞑らない人もいるよ。俺だって瞑らないよ」

「じゃあ、誰が瞑るんですか」

「知らない。ただ、目を瞑って耳を澄ませて音色を決めるんだってこと。ま、比喩かな」

手帳に比喩のヒと付け足す。柳さんの話には比喩が多い。目を瞑るようにして、というのも比喩だとなったら、何を信じればいいのだろう。

「あー、俺、今日は一日、学校まわりなんだ」

柳さんが立ち上がる。郡部の学校のピアノを調律に行くらしい。この辺は守備範囲が広い。車で片道二時間くらいまでならけっこうある。遠いから、一度行くと周辺の保育園や公民館のピアノも調律してしまうことも多い。大変な一日だ。

「僕は、個人のお宅です。目を瞑ってがんばってきます」

「おう。いつか学校は全部、外村に譲るよ」

僕に学校はまだ無理だ。でも、いつかは、と思う。いつかは学校中のすべてのピアノを響かせたい。学校の音楽室や体育館で初めてピアノに出会う子供たちのために。

僕は、週に何度か、一般家庭のピアノを調律に行っている。一般家庭といっても、何年も調律をしていなかったり、問題のありそうだったりするところには、まだ柳さんについていって見学させてもらう。上達の早い人なら、二年目ともなれば任されているような現場も、僕にはなかなかまわってこない。先輩たちには申し訳ないけれど、ほっとしている。力のない調律師に調律されるピアノほどかわいそうなピアノはないと思う。

そろそろ出かける準備をしようかと思っていたところに、内線が鳴った。

電話を取ると、北川さんだった。事務の北川さんは「美人」で「三十代」だそうだが、柳さんにそう教えてもらうまで気づかなかった。いわれてみれば「美人」なのだろう。年齢のほうはさっぱりわからない。事務所を入ってすぐのところに机がある。顔を上げたら、北川さんも受話器を持ったままこちらを見ていた。

「朝一で入ってた渡辺さん、キャンセルですって。一週間後の同じ時間にお願いしたいそうだけど」

「わかりました、その日でだいじょうぶです」

受話器を置いて、卓上カレンダーに印をつける。今日の午前の渡辺さんに×、一段下の一週間後の欄にもう一度、渡辺さん、と書く。カレンダーには×がいくつもついている。予約はしばしば変更される。

「キャンセル？」

出かけるところだった柳さんがふりかえる。

「今日の午前の予約で、今キャンセル？」

一般家庭での調律は約二時間。すべて予約制だ。毎年のことなのに、そして年に一度だけのことなのに、予約を変更されたり反故《ほご》にされたりすることがよくある。自宅に他人が来て二時間も作業をするというのが負担になるのだろう。その気持ちがわからないわけではない。でも、予約を簡単に変更されると、その家のピアノがそれだけ軽く扱われているような気がして不憫になる。

ピアノさえあればいい。調律の間ずっと傍にいる必要はないし、掃除機をかけたり洗濯機をまわしたりする生活音ぐらいなら支障にはならない。

「料理もしちゃいけないって思い込んでたお客さんがいたくらいだからなあ」

「どうして、料理まで」

「匂いが聴覚の邪魔をするんじゃないかと思ったそうだ」

なるほど、そういうことは実際にあるかもしれない。

「調律のときは普段通りにしていてくれてかまわないって、先にきちんと知らせておいたほうがいい。お客さんの負担が少しでも減るように。けど、まあ、実際、電話の呼び出し音なんかはヘルツが被るからちょっと困るんだよな」

「あとは、部屋の掃除が間に合わなかった、っていうのもよくある予約変更理由のひとつじゃない？」

北川さんが席を立ってこちらへ来た。

「掃除なんてしてなくてかまわないから延期はやめてほしいよね」

汚い部屋は気にならない。ただ、先週訪ねた家は床に物が散らかりすぎていて、ピアノから外した板や部品を置く場所に困った。床に乱雑に放られたままの大量の衣類がピアノの音を吸って、反響が変わってしまっていたのも衝撃だった。

返答に詰まった僕を見て、柳さんが笑う。

「外村はきれい好きそうだからなあ」

立ち話をしているところに、トランクを提げた板鳥さんが通りかかった。

「キャンセルですか」

「はい」

すると、板鳥さんはなんでもないことのように言ったのだ。

「時間が空いたのなら、一緒に来ますか」

耳を疑った。ホールだ。板鳥さんは今日はコンサートホールの調律だったはずだ。

「はいっ」

威勢のいい声が出た。

「すぐに行きますっ」

ドイツから、巨匠とも魔術師とも称されるピアニストが来日している。明日のコンサートに備え、板鳥さんがコンサートチューナーとして付くことは知っていた。日本では数か所でしかコンサートをしないというのに、なぜこんな北の小さな町でやるのかはわからないが、楽しみだった。ＣＤで何度も聴き込んだ音色を生で聴くことができる。僕も生まれて初めてコンサートチケットを買った。

いそいそと準備をする。調律道具は、いらないだろう。でも、持っていったほうがいいか。いや、邪魔になるだけだ。いやいや、手ぶらはまずい。やはり万一に備えて持っていくべきか。いやいやいや、板鳥さんの鞄を持てばいいのか。メモを取れるノートと筆記用具は必須だ。

向かいの席の秋野さんが何か言ったように聞こえた。

「はい？」

聞き返すと、顔を上げずに、

「おめでたいよなあ」

険しい表情をしているわけでもない。ほんとうにおめでたいことがあったのだと言われても納得するような穏やかな顔で、普段のままの声でそんなことを言う。

この人が初めのうち当たり障りなく接してくれていたのは、あまり顔を合わせる機会がなかったせいだったらしい。慣れてきて、口が緩んで本音が漏れるようになったのだと思う。本音を聞かされることより、その本音が的を射ていることに僕はいつも言葉を失う。

おめでたい。それは当たっている。鞄持ちとしてくらいしか役に立てないのに、板鳥さんの調律についていけることがうれしい。一緒に来るかと言ってもらえたことだけで、飛び上がるほどうれしいのだ。それはたぶん、おめでたいことだと思う。

あまり気にしないことにする。気にしていてはもったいない。板鳥さんの調律に、それも一流ピアニストのコンサートの調律に立ち会えるのは、願ってもない機会だ。

席を立ち、ホワイトボードの予定欄にホールの名前を書き入れる。

「外村くんが行ってどうするの。何になるの」

耳に入るか入らないかの声量で、秋野さんがつぶやくのが聞こえた。どこに行ったって感じのよくない人はいて、人をじりじり踏みにじるようなことをいう。山の小さな集落にもいたし、町の高校にもいた。お客さんの中にもいれば、事務所にもいる。気にしていてもしかたがない。そう思おうとしたけれど、やっぱり正論だった。正論だからこそ、応えなくちゃいけない。

「五年後に」

言いかけて、訂正する。

「すみません、十年後です。十年後に実を結べるように勉強します」

「勉強だって。十年後だって」

秋野さんは小さく鼻で笑った。

大ホールの扉を開けると、気圧まで変わったように感じた。森だ。森にいるみたいだった。建物の中に入ったときから、外とはざわめきの伝わり方が違った。空気の流れも違う。

ホールの担当者に断って、正面中央の扉から客席を覗かせてもらう。舞台の正面からピアノを見ておきたかった。

「そうですね。客席側からピアノがどんなふうに見えるか、まずは先入観なしに確かめてみるのもいいでしょう」

板鳥さんがうなずいてくれた。

照明のついていない舞台の端のピアノは、客席から見ると風景のようだ。そこにあるだけで美しい。けれども、目立たない。そこでひっそりと眠っているみたいだ。

「では、私は楽屋側からまわりますから、外村くんはこちらから行かせてもらうといいですね」

担当者の了解を得るように板鳥さんが言う。

しんとした空気、整えられた湿度、温度。壁にも、天井にも、木板が貼られていた。音の波はここをどう伝わっていくのだろう。想像しながら、一歩一歩、進む。舞台に突きあたり、ピアノから目を離さずに回り込む。脇についている階段から上ると、板鳥さんはすでに調律道具の入った鞄を置き、ピアノの蓋を開けるところだった。

板鳥さんが、立ったまま両手でオクターブを鳴らす。

風景だったピアノが呼吸を始める。

ひとつずつ音を合わせていくうちにピアノはその重たい身体を起こし、縮めていた手足を伸ばす。歌う準備を整えて、今にも翼を広げようとする。その様子が、僕がこれまでに見てきたピアノとは違った。大きな獅子が狩りの前にゆっくりと身を起こすようなイメージだろうか。

ホールのピアノというのは、別の生きものなのだ。別、としか考えられなかった。鳴る音が、これまでに見てきた家にあるピアノとはまったく別。朝と、夜。インクと、鉛筆。それくらい別のもののようだった。

僕は手のひらに汗をかきはじめている。今まで見てきたピアノとまったく別のピアノを、今、目の前にしている。家のピアノを一番いい状態に持っていくことと、ホールのピアノを完璧に仕上げることは、ぜんぜん別のことだ。

ただ立っているしかなかった。少し親しくなったつもりでいたピアノがずいぶん遠くに感じられた。

板鳥さんが鍵盤を鳴らし、耳を澄まし、また鍵盤を鳴らす。一音、一音、音の性質を調べるように耳を澄まし、チューニングハンマーをまわす。

だんだん近づいてくる。何がかはわからない。心臓が高鳴る。何かとても大きなものが近づいてくる予感があった。

なだらかな山が見えてくる。生まれ育った家から見えていた景色だ。普段は意識することもなくそこにあって、特に目を留めることもない山。だけど、嵐の通り過ぎた朝などに、妙に鮮やかに映ることがあった。山だと思っていたものに、いろいろなものが含まれているのだと突然知らされた。土があり、木があり、水が流れ、草が生え、動物がいて、風が吹いて。

ぼやけていた眺めの一点に、ぴっと焦点が合う。山に生えている一本の木、その木を覆う緑の葉、それがさわさわと揺れるようすまで見えた気がした。

今もそうだ。最初はただの音だったのに、板鳥さんが調律し直した途端に、艶が出る。鮮やかに伸びる。ぽつん、ぽつん、と単発だった音が、走って、からまって、音色になる。ピアノって、こんな音を出すんだったっけ。葉っぱから木へ、木から森へ、山へ。今にも音色になって、音楽になっていく、その様子が目に見えるようだった。

自分が迷子で、神様を求めてさまよっていたのだとわかる。迷子だったことにも気づかなかった。神様というのか、目印というのか。この音を求めていたのだ、と思う。この音があれば生きていける、とさえ思う。十年も前に森の中で、自由だ、と感じたあのときのことを思い出す。身体から解き放たれることのない不完全さを持ちながら、それでも僕は完全な自由だった。あのとき、僕のいる世界の神様は木であり葉であり実であり土であったはずだ。今は、音だ。この美しい音に導かれて僕は歩く。

目印を探して歩いていけるということは、僕も神様を知っているということだ。見たことはない。どこにいるかもわからない。だけど、きっといるのだ、だから美しいものがわかるのだ。そう思えることがうれしい。うれしいという言葉じゃ足りない。ここにいることをゆるされたようなよろこび。開けた場所に出たときのような、狭い袋小路に入り込んだときのような、相反する気持ち。そこにある、とわかっていれば、今はどんな場所にいてもかまわないではないか。よろこびへの予感。そこから叩き落とされる怖ろしい予感。近づいてきた予感はこれだったのか、と思う。

ホールを出ると、すでに薄暗くなっていた。明日のコンサート本番に備えて、今日は板鳥さんも帰る。明日はピアニストを迎えて最終調整とリハーサルがある。それから、本番だ。コンサートチューナーは本番の間も舞台裏に待機し、ピアノとピアニストを見守っている。朝から晩までの仕事になるだろう。

駐車場までふたりで歩く。何も言うことを思いつかなかった。僕は静かに興奮し、同時に冷静だったとも思う。少なくとも、車の運転ができるくらいには。

車に乗って、シートベルトを着けているときに、ようやく声をかけることができた。

「素晴らしかったです」

板鳥さんは律儀に顔をこちらへ向けて微笑んでくれた。

「そう言ってもらえてよかったです」

でも、駐車場を出るときに歩道の手前で車を一旦停止させたら、そのままアクセルを踏めなくなった。いつかは、とは思えなかった。あまりにも遠すぎる。神様を探すのは、気の遠くなるような作業だ。

「板鳥さん、どうして僕を採用してくれたんですか」

採用を決めたのは社長のはずだ。板鳥さんが最終責任者ではない。でも、紹介してくれた専門学校を出てすぐに江藤楽器へ就職できたのは、板鳥さんの力添えがあってのことだったろう。

「早い者勝ちです」

「早いって」

「先着順なんですよ、うちは昔から」

「ああ」

そんなことではないかと思っていた。先着順。やっぱり。能力があるとか、見込みがあるとか、そういう理由で採用されたわけではなかった。

ブレーキを踏んでいた足をゆっくりと外す。

「あきらめないことです」

車道に出て走りはじめたときに、板鳥さんが淡々と言った。

何を、と聞きたかったけれど、聞かずに飲み込む。あきらめはしない。ただ、あきらめなければどこまでも行けるわけではないことは、もうわかっていた。

それきり、板鳥さんは何も言わなかった。助手席にすわって、ただ静かに前を見ていた。僕も黙って車を走らせた。

多くのものをあきらめてきたと思う。山の中の辺鄙な集落で生まれ育った。家に経済的な余裕があるわけでもなかった。町の子供たちが当然のように受ける恩恵が、まわってこないことも多かった。あきらめる、という明確な意思はなかったにしろ、たくさんのことを素通りしなければならなかった。

でも、つらくはなかった。はじめから望んでいないものをいくら取りこぼしてもつらくはない。ほんとうにつらいのは、そこにあるのに、望んでいるのに、自分の手には入らないことだ。

あきらめようと思えるまでに時間がかかったものが、ひとつだけあった。絵だ。僕には絵がわからなかった。山の小学生だった頃、年に一度、バスに乗って大きな町の美術館へ行く行事があった。芸術鑑賞会という名前がついていた。美術館へ行くことが行事になる時点で何かをあきらめざるを得ない環境だったのだと今になればわかる。展示された絵を観ても、きれいだな、おもしろいな、と思うことはあっても、そこまでしかたどり着けなかった。きれい以外の絵のよさがほんとうにはわからない。先生からは好きな絵を一枚見つけるよう言われたけれど、それも違うんじゃないかと思った。色がやさしいとか、なんとなく雰囲気が好きだとか、そういうことで絵を観ては間違うような気がした。

もしかしたら、それでよかったのかもしれない。この絵が好きだと思えればそれでいい。いい気分になれればそれでいい。絵がわからないとか、そんな観方じゃいけないとか、自分で自分を窮屈にすることなどなかったのだろう。でも、僕は、あきらめたのだ。絵は、わからない。わかったようなふりをしてもつまらない。

それが——あきらめたことが——正解だったとわかったのは、十七歳になってからだ。初めてピアノに触れたときの、あっと叫び声を上げたくなった気持ち。それほどの心の動きを、無意識のうちに僕は求めていたのだと思う。

好きだとか気持ちがいいだとか、自分の中だけのちっぽけな基準はいつか変わっていくだろう。あのとき、高校の体育館で板鳥さんのピアノの調律を目にして、欲しかったのはこれだと一瞬にしてわかった。わかりたいけれど無理だろう、などと悠長に考えるようなものはどうでもよかった。それは望みですらない。わからないものに理屈をつけて自分を納得させることがばかばかしくなった。

「あきらめないと思います」

声に出さずにつぶやく。あきらめる理由がない。要るものと、要らないものが、はっきり見えている。


事務所に戻ると、秋野さんがいた。

「どうだった?」

何食わぬ顔で聞くけれど、きっと皮肉だけでなく興味があるのだろう。

板鳥さんの調律を見て、いろいろな思いが僕の中で渦巻いた。それは言わない。何を言っても何かを言われるなら、最後に残った思いだけを言おう。

「あのピアノでコンサートを開くことができるのはピアニストにとってもお客さんにとってもしあわせだと思いました」

秋野さんの眼鏡の奥の黒目が、一瞬、大きくなった。それから、興味なさそうに、ふうん、と言った。

「それで、整音はどんなことしてた?」

「詳しいことは、よくわかりませんでした」

正直に答える。

「ただ、ピアノの脚の向きを変えて、音の飛び方を調整していたのを初めて見ました」

専門学校でも知識としては習った。脚の下についている真鍮のキャスターの向きを変えるとピアノの重心が変わる。それを板鳥さんは、ひと目で僕にもわかるようにやってみせてくれた。腕を肩より開いて腕立て伏せをしたら力の入り方が変わる。胴体にかかる力が大きくなる。ピアノで言えば、響板に大きな力がかかるということだ。板鳥さんは腕立て伏せになぞらえて簡潔に説明しながら、背中でピアノの底板を持ち上げるようにしてキャスターの向きを変えた。それだけで、ほんとうに音の響き方が変わった。

「いい気なもんだよな」

いつもは表情のない秋野さんの声に、はっきりと嫌みが込められる。

「ずいぶんのんきじゃないか。そこじゃないよ、板鳥さんの調律の神髄は。まったく、何見てたの。いくら同じ事務所にいるからって、甘えすぎ。板鳥さんも外村くんに親切にしすぎ。どうぞ見てくださいって全部見せてくれるんでしょ。それ、逆に、なめられてるんじゃないの」

「なめられてるどころじゃないです」

相手にならない。比較にもならない。なめられるような対象でさえない。板鳥さんのつくる音色は、真似て近づけるようなものじゃない。

「僕じゃもったいなかったです」

「何が」

秋野さんなら、もっともっと多くのことを学ぶことができただろう。遠く離れたところにいる僕は、学ぶことが砂のように多すぎて、岩をつかめない。同じ調律を見ても、秋野さんならば、がし、がし、と岩場を越えていく足掛かりを得られたかもしれないのだ。

「秋野さん、一度、板鳥さんの調律を見てみてください」

僕が言うと、秋野さんは少し驚いた顔をして、それからすぐに笑い出した。

「おめでたいお人好しだ」

そう言ってから、真顔に戻り、

「ほめてるんじゃないよ」

と言った。

翌日、調律に出かける柳さんと一緒になり、秋野さんのことを話してみた。

「ああ、あの人な」

柳さんは下を向いて笑った。

「気にすることはない」

キャリーバッグを転がして足早に歩きながら、顔は笑っている。その顔を見て、柳さんは秋野さんのことを悪く思っていないのだとわかる。

「最初は俺も憤慨したさ」

駐車場へ続く通用口のドアを開け、後から続く僕のために右手で押さえていてくれる。

「その辺の客なんてドンシャリに調整しとけばよろこぶんだって」

え、と聞き返すと、柳さんはにやりと笑った。

「ステレオなんかで一時期そういうのが流行ったんだよ。重低音がドンと響いて、高音がシャリシャリ鳴るような。そういう調整にしておけばいい音だと思われて人気があったんだ」

多少の揶揄《やゆ》を含めて、ということなのだろう。流行りもあるし、なんとなくいい音に聞こえる調整というのは、調律においてもある。

「ばかなことを言うなと思ったよ」

駐車場を歩きながら早口に話す。

「調律も、お客さんも、ばかにしてるって。いいお客さんと会ってないからそんなこと言えるんだ、むしろかわいそうに、ってな。でもさ」

柳さんはおもしろいことを思いついたみたいに、こちらを見た。

「外村、一回、秋野さんに同行させてもらってみな」

渋い顔をしたのを見逃さず、

「ドンシャリなんて口だけだ。実際にはいい仕事をするんだぜ、秋野さん。うわべの態度や言葉とは裏腹に」

「そうなんですか」

柳さんがうなずく。

「意識してるかどうかはわからんけど、ピアノに関しては手を抜けないんだよ、あの人は。渋々ながらも、いい仕事をしちゃうんだろうなあ。ピアノに対して愛と尊敬があるんだ。ま、聞いたら、ないって言うんだろうけど」

頼んでも、同行させてはくれないだろうと思った。僕も、望まない。板鳥さんから、柳さんから、羊から、ピアノから、たくさんの砂が押し寄せてきて、僕は溺れそうになりながら、それを一粒でもつかもうと必死だった。


仕事を定時で上がって、ホールへ向かう。

ホールは昨日とは雰囲気が違った。昨日の、ひっそりした森のような空間も好きだが、多くの人でにぎわう今日はいきいきと葉を茂らせた森の夏を思わせる。

年齢層は高めだ。きちんとした服装をしている人が多くて気後れしそうになるが、この人たちもみんなピアノが好きなのだと考えたら、やっと気が楽になった。

「あ」

見知った人がホワイエを横切った。秋野さんが来ている。僕に気づかなかったのか、気づかないふりをしたのか、それはわからない。声をかけられずにいるうちに、奥の扉からホールに入っていくのが見えた。

遅れてホールに入り、チケットの席番号と、椅子の背もたれの番号を見比べながら歩いていると、

「外村くん」

名前を呼ばれて顔を上げた。

「来てたんだね」

ダークスーツを着た社長が両眉を上げて大げさな笑顔をつくってみせている。

「席はどこ?」

「あ、この辺のはずです」

ホール後方の真ん中あたりだ。S席は高くて手が出なかったけれど、A席の中では音

のバランスのよさそうな席を選んだつもりだ。

「もしかして、このホール初めてかい」

ええ、と答えながら、ずっと右の壁際に秋野さんの姿を見つける。社長は僕の耳に顔を近づけて、ささやいた。

「このホール、壁側がよく響くんだよ」

「そうだったんですか」

もっと早く教えてもらいたかった。残念そうな顔をしている僕を憐れんだのか、社長は手に持ったチケットに目を落とした。

「初めてのコンサートなら、いい席で聴いたほうがいい。交換するかい」

「いえ、いいです、お気持ちだけで」

会釈をしたら、社長はほっとしたような顔になった。

ようやく席を見つけて、すわる。そっと首を向けると、僕よりも少し前の列の右端に秋野さんがいるのが見える。ふと、疑問が浮かぶ。どうして秋野さんはステージに向かって右側にすわっているのだろう。ピアニストに興味があるなら、その指や表情や身体の動きがよく見える、向かって左側の席を選ぶはずではないか。ステージに目を戻す。昨日、板鳥さんが調律をした黒く美しい楽器がそこにある。秋野さんの席からでは、楽器の陰になってピアニストの姿はほとんど見えないはずだ。

うっすらと答えが浮かんでくる。ピアニストは見えなくていい、あるいは、見えないほうがいい、と思って選んだのではないか。音に集中したかった、ということだと思う。ピアノの大屋根の向きを考えても、音は右手側に伸びると考えるのが自然だ。深く考えずに真ん中を選んだ自分を悔やむ。

ホールが暗くなり、まもなくピアニストが現れた。CDで聴いて思い描いていたよりも堂々とした体躯の、銀髪の男性だった。拍手が止み、ピアノの前にすわる。一瞬の静寂の後、ピアノが鳴り出す。

途端に、席のことなど吹き飛んだ。美しかった。圧倒的に美しかった。ピアノが、音色が、音楽が。何が美しいのかもわからなくなってしまう。ただ、ステージの上の黒い森から美しいものが溢れ出してホールを満たした。

板鳥さんのつくった音色だと思って聴こうとしたけれど、それさえも無駄だった。音に色があるなら、無色に近い。ピアニストの望むままに色と形を変えて僕たちに届く。僕たちはここで聴いているだけなのに、音楽と一体となっているような、音楽の一部になっているような昂揚感があった。

何も知らなければ、板鳥さんの音だとは思わなかっただろう。だけど、僕にもわかる。これが理想の音だ。弾く人のための音。ピアニストの腕が一番引き立つ音。誰も調律師の腕のことなど考えない。それでいい。ピアニストが称賛されても、ピアニストの手柄でさえないのだろう。それは、音楽の手柄だ。

コンサートが終わった。ほのかに酔っているような、しあわせな心地だった。席を立ち、ホールから出る人の流れに交じる。すぐそこに社長がいた。

「どうだったかな、初めてのコンサートは」

「とてもよかったです」

ほかに適当な言葉を探す余裕もなくて、簡潔に答える。

「ピアノ、素晴らしかったです」

「そうか」

社長が相好を崩す。

「ピアノが好き、音楽が好きってのは、すべての基本だよ」

今日の音楽を聴いて好きにならない人などいないだろうと思う。

「ま、板鳥くんの場合は、ちょっとばかしピアノに愛されすぎてる気もするけど」

ゆるやかな通路の階段を上って、ホワイエへ出る社長の後をついていく。

「イタドリ、イタドリって、巨匠に呼ばれて、公演中は休む暇もないんじゃないかな」

「えっ、板鳥さんて今日のピアニストとそんなに親しいんですか」

「知らなかったのかい」

また大げさに両眉を上げてみせて、

「来日するときは、必ずミスター・イタドリをご指名だよ。向こうで修業中に気に入られたらしい。ヨーロッパツアーにもついてまわったそうだが、残念ながら板鳥くんは飛行機が苦手でね。帰国してからも、陸路しか使えない。こんな辺鄙な中途半端な町で、ピアニストが向こうから来てくれるのを待ってるってわけ」

「それって、もったいなくないですか」

思わず出た言葉だった。

「こんな小さな町にいるよりも、もっと大きな場所で、たくさんの人の耳に触れるピアノを調律したほうが板鳥さんの腕を活かせるんじゃないでしょうか」

「ほんとにそう思うのかい」

ロビーを歩きながら社長は笑った。

「意外だったたな、外村くんがそんなふうに考えるなんて。都会に行ったら板鳥くんにとって何かいいことあるのかい。われわれにとっても、この町の人にとっても、板鳥くんがいてくれることが僥倖《ぎょうこう》なんじゃないのかい。もちろん、君にとっても」

そう言って僕をちらりと見たその目は笑っていなかった。

「ここに素晴らしい音楽がある。辺鄙な町の人間にも、それを楽しむことはできるんだよ。むしろ、都会の人間が飛行機に乗って板鳥くんのピアノを聴きに来ればいい、くらいに私は思ってるんだがね」

その通りだった。僕自身が常日頃思っていたはずのことが、裏返しに出てきてしまった感じだった。山と町。都会と田舎。大きい小さい。価値とは何の関係もない基準に、いつのまにか囚われていた。

ここでやっていく。その誇りを持たなくちゃいけない。

「今日のコンサートがあんまりよかったから、もっと多くの人に聴いてほしくなって」

小さな声で弁明する。

「わかってるよ」

社長は笑顔に戻ってうなずいた。

慎重にチューニングハンマーをまわす。〇・一ミリ、〇・二ミリ。もしくはもっと細かい刻みで。

音の高さを合わせるだけなら、だいぶ速くなった。専門学校に通っていた頃は、揃えたつもりの音を、片っ端から先生にはじかれたものだ。できていない鍵盤の上にチョークで×印をつけられる。×、×、×、×、×、×、ずらっと並ぶ×。どこもかしこも揃わなかった。二年間、繰り返し訓練することで、×の数が少しずつ減っていき、なんとか時間内にすべての×をなくすことができるようになった。ようやくスタートラインに立ったのだ。

いつも思い出す。音の波の数と高さを揃えること。そこまでは誰でも訓練で到達することができる。才能ではない、努力だ、と諭された。ピアノを弾けても、弾けなくても、熱意があっても、なくても、耳がよくても、悪くても、訓練さえすれば誰でもスタートラインに立つことはできるのだ、と。

ピッと鳴らされた笛の合図で走りはじめて、僕は今スタートラインからどれくらい来たのだろう。

「音がくっきりしたような気がします。ありがとう」

お礼を言われて頭を下げる。

お客さんの家を出たらできるだけ早いうちに、たとえば停めておいた車に戻ってすぐに、今日の作業のメモを書く。どんな状況で、どんな調律を行ったか。お客さんはどんな音を望んでいたか。

音がくっきりしたような気がする、という感想も書き添える。くっきり、という単語はとても重要だ。どんな音色を望むのか、明確な言葉で説明できなかったとしても、ぽろっとこぼれる言葉から読み取れることがある。くっきりした音が、きっと今日のお客さんは欲しかったのだ。あるいはそう意識していなかったのだとしても、仕上がりの音を聞いて、いいなと思ってくれた。その証拠みたいなものを、もしくはそこにたどり着く手がかりみたいなものを、僕は集めているのだと思う。

やわらかな音を好む人もいれば、鋭い音、尖った音を好む人もいる。はっきり言葉で伝えてもらえたら、できるだけ希望に合うよう調律をすることができる。けれど、お客さん自身にもわからない場合が多い。少ないヒントから、お互いに手探りで音を探し当てることになる。

「いきいきとした音が鳴らなくて」

困っていたお客さんのピアノを調律し、よろこんでもらえたときはうれしかったものの、感想を聞いて戸惑った。

「おかげさまで、音が丸くなりました」

丸くなるのと、いきいきするのは、両立するだろうか。丸くなったといえば、穏やかになって、むしろいきいきからは遠ざかる方向にあるのではないか。僕の戸惑いをよそに、そのお客さんは続けた。

「平べったい音が、丸くなった感じ」

それを聞いて、ようやく理解した。弛緩していた音が、水滴のようにきゅっと丸くなった、ということらしい。言葉が通じた瞬間は、光が差すような気持ちになる。ほんとうはピアノの音色だけで通じあえればそれが一番なのだけれど。

明るい音にしてほしいとよく言われる。

はじめのうちは、深く考えなかった。たしかに暗い音を望む人はあまりいないだろう程度に思っていたのだ。今は違う。明るいというひとことにも、いろんな意味があるらしいことがわかってきた。

ピアノの基準音となるラの音は、学校のピアノなら四百四十ヘルツと決められている。赤ん坊の産声は世界共通で四百四十ヘルツなのだそうだ。ヘルツというのは一秒間に空気が振動する回数のことだ。数値が高いほど音も高くなる。日本では、戦後になるまで四百三十五ヘルツだった。もっと遡れば、モーツァルトの時代のヨーロッパは四百二十二ヘルツだったらしい。少しずつ高くなってきている。今は四百四十二ヘルツとすることも多い。最近はオーケストラの基準音となるオーボエのラの音が四百四十四ヘルツになってきているから、それに合わせる傾向にあるピアノも、さらに高くなるのだろう。モーツァルトが作曲していた頃に比べて半音近く高くなっている。感覚としては、もはや同じラの音ではない。

変わらないはずの基準音が、時代とともに少しずつ高くなっていくのは、明るい音を求めるようになったからではないか。わざわざ求めるのは、きっと、それが足りないからだ。

「みんなで焦ってる感じがするんです、基準音がどんどん高くなっていくって」

事務所近くの弁当屋でのり鮭弁当ができあがるのを待ちながら、柳さんはポケットから取り出した小銭を手のひらの上で数えている。

「せめて音くらい明るくしたいって思うんだろうな。俺が見てきたこの数年の間にも、家庭用のピアノも四百四十から四百四十二にシフトしていってるよ。もしも二ヘルツ単位の違いでもわかる絶対音感があったら、気持ち悪いだろうなぁ」

「このままどんどん音は高くなっていくんでしょうか」

「なっていくんでしょうねぇ」

柳さんはふざけているみたいに言ったが、ふとこちらを見た。

「前に秋野さんが言ってたよ。精いっぱい明るい音に調整しても、さらに明るく、明るく、ってリクエストされると、もう、弾き方を伝授するほうが早いって」

「どういうことですか」

「だから、明るい音を出すために調律ばかりに頼るのがおかしいって、あ、どうも」

ちょうど弁当がふたつできあがって、柳さんが笑顔になる。カウンター越しに受け取って、店を出る。

外はもう春の日差しだ。風が緩み、かすかに緑の匂いをはらんでいる。

「打鍵を強くするだけで、音は明るく聞こえるから。重心を低めにして、指にしっかり体重を乗せるっつったかな、そうやって音をよく響かせると明るく聞こえるらしい。要は、調律じゃなく、演奏の技術だってこと」

それはよくわかる話だった。音を明るくしたいから鍵盤を軽くしてほしいと依頼されても、これ以上軽くしようがないことがある。鍵盤に問題があるのではなく指の力が足りないのだと本人が自覚できていないと、どんなことをしてもピアノは鳴らない。

「椅子の高さを調節するだけでも音は変わりますよね」

僕が言うと、

「ああ」

柳さんは即座にうなずいた。厳密に言えば、調律の仕事の範囲外かもしれない。ただ、ピアノ用の椅子の高さを演奏者に合わせるだけで、ずっと鍵盤が軽く、音が明るく感じられるようになるようなのだ。最適な椅子の高さは、演奏者の身長だけでなく、弾くときの身体の使い方、手首や肘の角度によっても変わってくる。

「コンサートの映像を観てたら、オーケストラをバックに二台のピアノが連弾するシーンが出てきたんです。違和感があると思ったら、二台の椅子の高さが違っていました。ピアニストの背丈はそれほど変わらなかったのに」

柳さんが黙ってうなずく。

「よく見ると、ふたりは腕を曲げる角度っていうか、肘の伸ばし方が違ったんです。たぶん、指への力の伝わり方も違いますよね。僕は自分がピアノを弾かないから、そんなことにも気づきませんでした。僕にアドバイスできることは限られていますが、調律のときには必ず一度椅子にすわって弾いてもらって高さを調整するようにしています。それだけで音が明るくなる気がします」

「たしかにな。椅子って、本人が思っているよりも意外と高かったり低かったりするんだよな」

もっとピアノに近づけたほうがよかったり、離したほうがよかったり。椅子ひとつでピアノの音が明るくなる。

「ところが」

ところが、だ。工夫をしても、手を尽くしても、なかなかお客さんによろこんでもらえない。大概は反応がない。

「何を求められているのか、よくわからなくなるときがあります」

「ああ、あるねぇ」

どこか気楽な感じで柳さんは答える。

「でもさ、俺たちが探すのは四百四十ヘルツかもしれないけど、お客さんが求めてるのは四百四十ヘルツじゃない。美しいラなんだよ」

なるほど、その通りだ。

弁当のふたつ入った白いビニル袋を提げて歩く。

「それが四百四十ヘルツで表せるのは、素晴らしいことのような気もします。ピアノはひとつひとつ違うのに、音でつながっているっていうか、周波数で語りあえてるのかなと思ったりなんかして」

話していて最後は少し恥ずかしくなった。自分の中からこんなに言葉が出てくることに驚く。

駐車場の脇の植え込みのブロックに腰を下ろす。ようやく長い冬が去って、晴れた日はときどきここで弁当を食べる。まだ寒いけれど、ずっと風通しの悪い室内にこもりピアノに向かって細かい作業をしていると、晴れた日に外で誰かと話しながらお昼を食べたりすることがとても大事に思えてくる。

秋野さんが、ドンシャリにしておけばいいんだと嘯《うそぶ》いていたことを、ときどき思い出す。精魂込めて整音してもよろこばれず、適当に合わせたときにほめられたりありがたがられたりすることが続くと、なんだか虚しくなってそう思いたくなる気持ちはわかる。そもそも、こちらが最善を尽くそうが尽くすまいが相手にとってはどうでもいいことだ。いい音をつくること。それがたったひとつの使命なのだ。そして、お客さんがいわゆるドンシャリをいい音だと感じるのなら、それを提供することが間違っているとも言えないだろう。

「だけどそれは」

何度も思ったことをまた思う。

たらしい。

「なんだどうした」

柳さんが割り箸を割りながら、おもしろそうに僕を見る。つい、声に出てしまってい

「いえ、なんでもないです」

だけどそれは。だけど、それは、可能性を潰すことにならないか。ほんとうに素晴らしい音、心が震えるような音と出会う可能性。僕が高校の体育館で出会ったように。

こちらがそれを提供できるとは限らない。僕などまだまだ、まだまだだと思う。だけど、そこを目指していかなければ、永遠にたどり着けないだろう。

急に気温が上がって、外を歩くだけで晴れやかな気分になる。休みの日に出歩くことはあまりないのだけれど、こんな日は出かけてよかったと思う。約束があってよかった。

今頃はシラカバの若葉が一斉に芽吹いているだろうか。歩きながら、山の中の小さな集落を思い出す。僕が家を出て弟が残った、あの春のこと。集落には義務教育を受けられる小学校と中学校がひとつずつあるだけだった。高校がないから、十五の年には集落を――つまり山を、そして家を――出ることになる。そういう意味では平等なはずだった。二つ違いだから、僕の二年後に弟も家を出る。それだけのことなのに、どういうわ

けか計算が合わない感じがした。弟のほうが長くいる、と思ってしまう。物心がついたときには弟はすでにいて、同じだけの時間を過ごしてきたはずだった。僕が二年早く家を出るということは、やはり弟のほうが二年分長く家にいるということになるのではないか。

その仮説を、口に出したことはない。ばかげた話だと思うからだ。でも、どう考えても、自分が家にいるよりも弟が家にいるほうが正しい気がした。今、こうして町を歩きながら、あの感覚は合っていたと思う。家の中のどこにいてもなんだか安まらなくて、特に、弟がにこにこと母や祖母たちと話しているとき、ついひとりで裏口から外へ抜け出てしまうのだった。すぐ裏に続いていた森をあてもなく歩き、濃い緑の匂いを嗅ぎ、木々の葉の擦れる音を聞くうちに、ようやく気持ちが静まった。どこにいればいいのかわからない、どこにいても落ち着かない違和感が、土や草を踏みしめる感触と、木の高いところから降ってくる鳥や遠くの獣の声を聞くうちに消えていった。ひとりで歩いているときだけは、ゆるされている、と感じた。

僕がピアノの中に見つけたのは、その感覚だ。ゆるされている、世界と調和している。それがどんなに素晴らしいことか、言葉では伝えきれないから、音で表せるようになりたい。ピアノであの森を再現したい、そう思っているのかもしれない。

歩道の脇に小さな看板を見つけ、狭い階段を下りる。

地下の薄暗いホールの入口で、色画用紙に黒で印字されただけのチケットを渡す。

「適当に中に入って待ってて」

昨日チケットをくれたとき、柳さんはそう言ったけれど、適当に、というのが難しい。ワンドリンク付きと書いてあるので、とりあえず飲みものをもらいにいく。お客さんは僕より少し年上くらいの、にぎやかな感じの人が多い。にぎやかというか、髪が金色だったり赤かったりツンツン尖っていたりする、シャープな人。僕とは人間としての濃度が違うのが明らかな人たち。混ざったら申し訳ない気がして、少し離れて立つ。

紙コップに入ったジンジャーエールを飲みながら、ポスターに書かれたバンド名らしき名前を読む。七つほど列挙されているのは、知らない名前ばかりだった。柳さんはどのバンドが目当てなのだろう。

ジンジャーエールは甘すぎて半分残した。紙コップの中の液体をどこに捨てていいのかわからないまま、カウンターへ戻す。売り場の女の人がじろりとこちらを見た。こういうところでの作法を僕はぜんぜん知らない。

開け放してある扉から、暗いホールの中へ入る。人がステージ前に集まっている。ステージの上には薄い照明が当たっており、何本かのマイクスタンドと、大きなアンプとスピーカー、後方にドラムのセットが設置されていた。キーボードが二台置かれていたが、ピアノはない。

まもなく開演です、と係の声がして、ロビーにいた人たちが一斉にフロアになだれ込んできた。押され、押されて、どんどん前へ出されていく。まだ柳さんが来ていない。会場全体に小さく流れていた音楽がふっと止み、歓声が上がった。甲高い声と、野太い声。半々ぐらいに交じっている。これでは、柳さんがどこかにいたとしても見つけられない。また後ろから押される。前からも押し戻される。ステージの照明がつき、ひときわ大きな歓声が上がる。ステージの袖からバンドメンバーが現れる。ひとりはギターを脇に抱え、ひとりはドラムスティックを高く掲げながら、もうひとりは——目が引き戻される。ドラムスティックを掲げて登場したのは、知っている人だ。見覚えがある。誰だったか、よく知っているような、よくは知らないような、

「えっ」

短い驚きの声は、フロアに響く歓声と、ギターの音、なにより当の柳さんが叩きはじめたドラムの音にかき消された。

腰骨に直接響く正確なリズム、突き上げるようなベース、走り出すギター、きらめくボーカル。感覚が痺れるようだった。まわりは跳んだりはねたり、歓声を上げたり、歌ったり、叫んだり、思い思いに動いている。特に、ボーカルの一挙手一投足に会場は沸いた。客席のようすが見えているのか、柳さんは楽しそうだ。汗が飛び散っている。

ただ、音が大きすぎた。歌がうまいとか、音がいいとか悪いとか、判断もつかないく

らいだ。そういうことは、たぶんどうでもいい。ここで味わう魅力はそういうことではないのだろう。ステージの上の柳さんを眩しく見る。

バンドは四曲演奏し終えると、拍手と歓声の中を引き上げていった。一旦、フロアの照明がつき、場内の緊張が緩む。その隙に、人をかき分けてロビーへ出る。

柳さんがバンドをやっていたなんて、それもドラムを担当していたなんて、驚いた。どうしてまた、ドラムを？　まっさきに思ったのは、耳に悪いんじゃないだろうか、ということだった。曲が終わってからも、まだ耳がわんわん鳴っている。

外村くん？

名前を呼ばれたような気がした。空耳だ。いろんな人が遠くで、近くで、僕に話しかけているような錯覚が起きる。ライブハウスでは爆音に気をつけたほうがいい。

外村くん？

また空耳だ。少し耳を酷使しすぎてしまった。柳さんはここへ来るだろうか。バンドメンバーと打ち上げに行ったりするのではないか。

「ね、外村くんだよね？」

耳元で、たしかに名前を呼ばれていた。ふりむくと、知らない女の人だった。ショートカットで、首が長くて、ずいぶんきれいな人だ。

「ああ、やっぱり」

その人はにっこりと笑った。

「濱野《はまの》です。ずっと昔からのヤナギの……柳くんの友達。少しここで待つようにいわれてるの。外村くんが来るからって。聞いてた通り。すぐわかったわ」

どんなふうに聞いていた通りなんだろう、と一瞬だけ考える。でも、にっこりの前では無力だ。

「あ、どうも、はじめまして」

「はじめまして」

お互いにお辞儀をしあう。この人が柳さんをヤナギと呼んだ、その声が軽やかで、まるで別の名前みたいに聞こえた。柳さんとヤナギは別の人かもしれない、という予感がした。

ホールの扉が再び閉まる。次のバンドの出番なのだろう。

「柳さんのドラム、よかったですね」

おそるおそる僕は言った。別の柳さんの話なんじゃないかと半分くらい思いながら。

「正確でしょう。まるでメトロノームみたいに」

僕はうなずいた。

「正確だし、パワフルだし、すごく楽しそうでした」

「うん。ほんと、よかった。楽しそうだった」

濱野さんは目を細め、煙草に火をつけた。

「ヤナギはメトロノーム好きなのよ」

へへ、と彼女は笑った。

「喋ったのバレたら怒られちゃうかも」

そう言って、ひゅーっと煙草の煙を吐いた。

「ヤナギとは幼なじみなの。もう二十年以上もつきあってる。お互いに何でも知ってるのよ」

こんなきれいな人とお互いに何でも知っているというのは、素晴らしいことではないか。きれいな人とじゃなくても、お互いに何でもよく知っている相手というのが、僕には思い浮かばなかった。

煙草を持つ左手の薬指に銀のリングが鈍い光を放っていた。これが、いつか柳さんがリボンをかけて渡した指輪だろうか。髑髏《どくろ》の飾りが渋いけれど。

「外村くん、ヤナギをよろしくね」

「え、いえ、こちらがお世話になりっぱなしで」

僕が恐縮すると、濱野さんはかたちのいい唇をきゅっと結んだ。

「ああ見えて、ヤナギは繊細なのよ」

「そうですか」

「公衆電話がだめだったんだから」

よく聞こえなかった。さっきの大音量のせいで耳の奥に栓が詰まっているみたいだ。僕が間の抜けた顔をしていたからか、濱野さんは説明してくれた。

「あのね、公衆電話って目立つようにわざと不自然な色になってるでしょう。あの黄緑色がだめだったの。ゆるせなかったんだって」

よく聞き取れない。言っていることがよくわからない。ゆるせなかった、という言葉がぷかぷか浮いている感じがした。

「ええと、黄緑色をゆるせなかったというのは、どういう意味でしょう」

濱野さんは煙草をくしゅっと消した。爪がつやつやしていた。

「町を歩いてて公衆電話が目に入ると、気分が悪くなっちゃうの。神経過敏だったんだね。ヤナギの目には、見えてはいけないものがいっぱい見えちゃうんだ。幽霊とかじゃなくてね、見たくないものっていうのかしら。たとえば派手な看板なんかもヤナギはとても憎んでた。世界の敵だって」

そう言って、理解しているかどうか確かめるように僕の目を覗いた。

「電話だとか、看板だとか、ゆるせないときはどうしたんですか」

「そういうときはそのまま帰って寝る」

帰って寝る。他人からはずいぶんわがままに見えたことだろう。でも、ゆるせないことに対する反応としては、けっこう穏やかだ。

「ねえ、そんなことじゃ生きていけないと思うでしょう。もしかしたら、この人は引きこもるようになるかも、ってあたしも思った」

そうならなくてよかった。ゆるせないものの多い世界から、立ち直ったということか。何が柳さんを救ったんだろう。目の前にいる、この濱野さんだろうか。

「あとはね、道を歩いていると、突然、地面が汚れてるように見えてくるらしいのね」

「ほんとうはきれいなのにってことですか」

よくわからなくて聞き返した。

「歩いている道、つまり世界、あるいは人生。それがどうしようもなく汚く見えるんだって」

冗談を言っているみたいだ。ヤナギと柳さんがうまく重ならなかった。

「失礼だよね。平気で歩いてるこっちが無神経みたいじゃない?」

「僕の知っている柳さんは、やさしくて、しっかりした人で、その、そんなに繊細な感じはしないんですけど」

控えめな感想を言ってみる。

「そうなのよ、やさしくてしっかりした人に育つまでが大変だったのよ。神経過敏に思春期特有の増幅装置がついてたんでしょうね。あの頃は何を見ても気分が悪くなって、頭を抱えて吐きそうになりながら、必死で避難場所を探してた。でも、安心で安全な場所なんて、どこにもないのよ。清潔で、気持ちを乱さずに済むような場所。家に帰って蒲団をかぶって寝ちゃうのが一番ましだったみたい。それができないときは、目を瞑って、耳を押さえて、蹲《うずくま》ってるの。ゆっくり背中を撫でていてほしいっていうから、何度撫でたことか」

今の柳さんからはちょっと想像がつかない。

「メトロノームで助かったの」

濱野さんはふざけているみたいな口調で言った。

「メトロノームって知ってるでしょう？　アナログの、ねじまき式の。あれを聞いてると落ち着くことを発見したんだって。たしかに、発見って言ったのよ。ハマノがいないときでも、これがあればだいじょうぶだって。それで一日中ねじを巻いて、カチカチカチカチ鳴らしてるの。一緒にいたらこっちが気が狂いそうだったけど」

メトロノーム。やっと柳さんにたどり着いたような感じがした。濱野さんの話が僕の身体にするりと入り込んで、僕の中の柳さんの身体をひとまわり大きくした。

何かに縋って、それを杖にして立ち上がること。世界を秩序立ててくれるもの。それがあるから生きられる、それがないと生きられない、というようなもの。

「それなら少しわかります」

僕は言った。高校の体育館で板鳥さんが鳴らすピアノを聞いたとき、これがあれば生きていけると思った。

濱野さんは、うん、とうなずいた。紙コップのアイスティーに大量に浮いていた細かい氷をストローでかき集めて口に入れ、じゃりじゃりと嚙む。そして、

「次の発見がね」

おもしろそうに言いかけたときに、柳さんが現れた。

「おっ、外村」

上気した顔でこちらへやってくる。

「どうだった？　楽しめた？」

「もうちょっとかかるかと思ったのに、早いよ」

濱野さんは小さな声で言って、アイスティーをストローでかきまわす。

「なんだよ、待たせちゃ悪いと思って急いで来たのに」

「柳さん、ドラム、よかったです」

「おう、サンキュ。この後、飯行くだろ？」

当然のように誘ってくれたけれど、断った。

「え、行かないの？」

濱野さんも驚いた顔をした。

「話、途中だし。ここからぐっといい話になるはずだったのよ」

慌てている濱野さんに、

「なになに、何の話をしてたって？」

柳さんが聞き、僕が答える。

「発見の話です」

へへ、と濱野さんが笑った。

「また今度ね」

「ええ、また」

僕はふたりに会釈をして、ホールから地上へと続く階段を上った。

きっと、濱野さんは発見以前にそこにいた。柳さんの世界にもともといたのだ。だから柳さんは安心して次の何かを見つけることができたのだと思う。

メトロノームの次の発見は、なんとなく想像がつく。それがあれば、気持ちが落ち着くもの。濱野さんに背中を撫でてもらうことができなくてもなんとか耐えられるもの。音叉か、ドラムか、もしかしたらピアノか。それがあれば、どんなに汚れた世界でも道を探すことができる。汚い世界から目を背けるための道具じゃない。前に向かう力。いくつかの発見によって、ヤナギは柳さんになった。ピアノを調律して音をつくる、この世界に音を送り出す、その気持ちが柳さんをまっすぐに立たせ歩かせているのだと僕は思う。

汚れているように見えた世界を、柳さんはゆるしたんだろうか。それとも、ゆるされたんだろうか。

地下から上がると、町は眩しかった。空は晴れ、気持ちのいい四月だった。

雪の降る日は暖かい。道民には共通の感覚だろう。ほんとうに冷え込んだ日に雪は降らない。空は抜けるように晴れ渡り、青さが目に刺さる。ただし、それは真冬の話だ。五月の雪は、さすがに寒い。

季節外れの雪が降って、今日の町はどことなくさざめいて見えた。

「もう五月も半ばだっていうのに雪なんてなあ」

柳さんが恨めしそうに空を見上げる。

「こんな変な天気じゃ調子狂うだろ」

ようやくふくらみはじめた桜のつぼみに雪がうっすらと積もっている。

「咲いてくれればいいんだがなぁ」

町と山とでは気候も違う。山ではこの時期の雪はめずらしくない。五月の連休が明けた頃に一度雪が積もり、それが解けるとようやくほんとうの春が来るのだった。まだ降る、まだまだ降る、と警戒しながら三月を過ごし、四月を乗り切り、やっと五月。最後の雪が解けて、暖かさとのタイミングが合って初めて桜が咲く。桜の中にもタイムスケジュールが埋め込まれていて、その歳時記と気温がうまく合わなければ、開花を見送ることに決めるようだった。

「花見はいいとしても、ピアノがな、せっかく調律したのにこの雪じゃまた狂うよな」

調律は、よく弾く家で半年に一度、一般家庭なら年に一度でいい。毎年、だいたい決まった時期に調律するのが基本だ。同じ時期に調律することで、一定の条件下でピアノの状態を見ることができるからだ。温度や湿度や気圧によってピアノの状態はずいぶん変わる。

今日は、柳さんとふたりで調律に行く。正確に言うなら、調律のやり直しだ。ただでさえ気が重いのに、雪が降った。

「やっぱりいいなあ、柳くんの調律は」

すらすらすらっと試し弾いた後に、依頼主は上機嫌で言った。上条という、バーでピアノを弾いている男だ。

「リクエストに完璧に応えてくれる。いや、それ以上だ。こちらが頼んだ以上のところまでやってくれる。毎日でも来てもらえないかなあ」

顎鬚《あごひげ》を撫でながら口許を緩ませる。

柳さんは控えめに頭を下げ、ありがとうございます、と言った。

「私もね、この頃たまに元気の出ない日があったりするんだよ。そんなときはタッチをちょいと軽めにしてもらって、いやいや、元気のないときはそのまんま重苦しい音にしてもらうのもいいのかもしれないね。今日の上条、って音が鳴ったらお客さんもよろこんでくれるんじゃないか」

意気揚々と話しているのは、単に機嫌がいいからだけではなく、僕への当てつけも含まれているのだと思う。

柳さんから僕に担当が替わって初めての調律を済ませたのは一カ月ほど前だった。詳しくは知らないが、プロのピアニストではあるのだろう。でも、このピアノはほとんど弾かれた形跡はなかったし、手入れもされていなかった。僕が調律するときにも、この人はピアノの近くへ来さえしなかったのだ。リクエストなどそもそもなかった。

どうもピアノの音が伸びないのは担当が替わったせいではないか、とクレームが入ったのは先週だ。調律から一カ月も経っているから、無償で調整し直せる期間は過ぎている。それでも、別の調律師にやり直してほしいと言われたのだった。

柳さんが調律し直すのを傍で見ていた。来なくてもいいと言われたが、この目で確かめておきたかった。いつもながら柳さんは手際がいい。きびきびと調律を進めていく様子を見ていると、この人に任せれば安心という気持ちになるのもわかる。逆に、僕に任せては不安だというのもよくわかる。もしもまったく同じ調律を施して同じ音色をつくれたとしても、満足度が違うのではないか。

「インプロヴィゼーション、わかるかな」

上条さんは柳さんだけに話しかける。

「即興ですね」

「さすがだね、柳くんは」

上条さんは大げさな笑顔になる。

「僕はよく、店でインプロヴィゼーションをリクエストされる。いや、もちろん、難しいよ。店に来るお客さんの求めるものはなかなか高度だからね。でも、丁々発止のやりとりがスリリングなんだ」

はい、と柳さんが相槌を打つ。

「言いたいこと、わかるよね。大事なのは、インプロヴィゼーションだよ。こちらの意図を読み取って、今の気分に合わせた響きをつくってほしいんだ」

「できるだけお客さまのご希望に添えるよう努めますが」

柳さんの頑なな受け答えが気に入らなかったのか、上条さんの顔から笑みが消えた。

「だって、この子、見習いだろ？　なんでこんな子寄越すんだよ。俺、一応ピアノで飯食ってるんだよね。お宅の楽器店、贔屓《ひいき》にしてるつもりだったけど、なめてるの？」

下を向いて立っている僕のほうを見ずに、上条さんは語気を強めた。

「外村は見習いじゃありません。うちの正式な調律技術者です」

「でも腕はない」

上条さんは言い放った。

「いいえ、外村は若いですが、腕は確かです」

柳さんが食い下がっても、上条さんは腕組みをして首を横に振るばかりだった。

たった一カ月でのやり直し。もう一度規定の調律料金を支払ってもらうことに、柳さんは躊躇しなかった。上条さんはもううちに調律を頼まないかもしれない。


「たしかに、専属の調律師が毎日ピアノの調整を行えば、ピアニストはかなり弾きやすくなるでしょうね」

雪の舞う中を駐車場へ歩きながら、僕は言った。言いながら、何かぼんやりと道を示すようなものがそこに潜んでいるような気がした。

「コンサートホールなら、そうかもしれないけど」

柳さんはぶっきらぼうに言った。不機嫌だった。

「毎日の気分で音色を変えるようじゃ、だめなんじゃないか。ピアノってそういう楽器じゃないだろ」

そうかもしれない。ピアノの音色を決めるのは、ピアニストひとりじゃない。ピアノには個性がある。ピアニストにも個性がある。それらがうまく組み合わさって初めて音色が決まる。その協調を信じて弾いてほしいという願望はある。

「たとえば、うまいレストランがあったとして」

来るぞ、と身構える。柳さんの話にはやっぱり比喩が多い。それも、食べもの関連の比喩が多いのだった。

「その日の体調や気分にぴったりのメニューをつくってくれたら、そりゃいいよな。でも、その店のよさを信じているなら、自分に合わせて日によって味付けを変えてほしいとか言わないだろ。あ、外村、言う？」

「言いません」

「だよな。そのメニューにこちらが合わせようとするんじゃないか。確固としたうまいメニューを食べにいく心意気みたいなものが客の側にもあって然るべきなんだよ」

黙ってうなずいた。柳さんの言うことはよくわかる。でも、それは柳さんに自信があるから言えることだ。調律師がどんな音色に調整しても、最終責任はピアニストにある。だから、上条さんの言うこともわかるのだ。

「まあ、レストランだとしたら最初のひとくちでうまいと思わせなきゃならない」

「はい」

ほんとうに腕のいい料理人は最初のひとくちだけじゃなく、最後のひとくちまでおいしく食べてもらうことに苦心するだろう。ピアノの音だって同じことだ。最初の一音がぽろんと鳴ったとき、お、と思わせるインパクトがほしい。だけど、最後まで気持ちよく鳴る音でなくてはいけない。

難しい注文だと思う。最初のひとくちで気に入ってもらえるような味、音。最後までおいしいと思ってもらえる味、音。つきあっていくうちに、少しずつ親しんで、なかなかいいやつじゃないかと思ってもらえたらそれでいい。調律する人間がそんなうすぼんやりした人間であるのに、紡ぎ出される音が最初からぱきっと相手の心を打てるはずがない。

柳さんが唇をぎゅっと引き締め、僕を見た。

「気を落とすなよ」

ぽんと肩を軽く叩いてくれる。

「ぜんぜん悪くなかった」

「ありがとうございます」

気を遣わせて悪いなと思う。もしもほんとうに悪くなかったのならどうしてクレームをつけられるだろう。腕はない、とまで断言された。

「単に虫の居所が悪かったんだ。よくある話なんだ。気にするだけばかばかしい」

柳さんはそれでも言い足りないというふうにしばらく傘の縁から白い空を見上げて歩いていたが、僕のほうを見ないまま言った。

「外村ががんばってるのは無駄じゃない」

「……えっ?」

思わず聞き返すと、柳さんも驚いたように、えっ、と小さく声を上げた。僕たちは立ち止まって顔を見合わせた。

「無駄かどうかは、考えたことがありませんでした」

正直に言うと、柳さんは、ふふふと笑って、

「いいよなあ、外村は。そうか、無駄だと思ってないか」

ふふふがそのうちははははになり、柳さんは車のドアに手をかけたまま、あはははと笑った。それから不思議そうに聞いた。

「無駄だったんじゃないかと後悔したり反省したりすることもないの? つまりさ、無駄っていう概念がないの?」

「いえ、言葉は知っています」

慌てて答える。

「そりゃそうだろうけど」

「よくわかりません。無駄ってどういうことを言うのか」

何ひとつ無駄なことなどないような気がすることもあれば、何もかもが壮大な無駄のような気もするのだ。ピアノに向かうことも、今、僕がここにいることも。

「ほら」

柳さんは黒い傘をばさばさと開いたり閉じたりして雪を払った。道民には馴染まない傘だが、大事な調律道具を持つ僕たちは使うよう心がけている。

「そういうのを無駄っていう概念がないって言うんだし、もっといえば無駄という言葉を知らないことになるんじゃないか」

車に乗り込みながらなぜか得意そうに言う。

「外村はなんにも知らない。それがすごいと思う。逆にすごいことを教えられてるような気分になる」

「はあ、どうも」

曖昧な返事をして、車のエンジンキーをまわす。

森に近道はない。自分の技術を磨きながら一歩ずつ進んでいくしかない。

だけど、ときおり願ってしまう。奇跡の耳が、奇跡の指が、僕に備わっていないか。ある日突然それが開花しないか。思い描いたピアノの音をすぐさまこの手でつくり出すことができたら、どんなに素晴らしいだろう。目指す場所ははるか遠いあの森だ。そこへ一足飛びに行けたなら。

「でもやっぱり、無駄なことって、実は、ないような気がするんです」

薄く積もった季節外れの雪を踏みしめて、車がゆっくりと動き出す。

「ときどき思うんだが、外村って、無欲の皮をかぶったとんでもない強欲野郎じゃないか」

柳さんは助手席を倒して、うーんと伸びをした。

もしも調律の仕事が個人種目なら、飛び道具を使うことを考えてもいい。歩かずにタクシーで目的地を目指したってかまわない。そこで調律をすることだけが目的であるなら。

でも、調律師の仕事は、ひとりでは完成しない。そのピアノを弾く人がいて、初めて生きる。だから、徒歩でいくしかない。演奏する誰かの要望を聞くためには、ひと足でそこへ行ってはだめなのだ。直せないから。一歩ずつ、一足ずつ、確かめながら近づいていく。その道のりを大事に進むから、足跡が残る。いつか迷って戻ったときに、足跡が目印になる。どこまで遡ればいいのか、どこで間違えたのか、見当がつく。修正も効く。誰かのリクエストを入れて直すことだってできるんじゃないか。たくさん苦労して、どこでどう間違ったか全部自分の耳で身体で記憶して、それでも目指すほうへ向かっていくから、人の希望を聞き、叶えることができるのだと思う。

「あ」

小さく声に出しただけなのに、助手席で目を瞑っていたはずの柳さんががばっと身を起こした。

「どうした」

「いえ」

「気をつけてくれよ、スタッドレスじゃないんだから。ああ、まったく、この季節にこんなに降るなんてなあ」

「評判のラーメン屋が」

「は」

最初のひとくちで印象に残るように味を濃くするのは、誰が食べるかわからないからだ。誰が食べるのかわかっていれば、その人のおいしさに合わせてつくることができるはずだ。

「寄ってく?」

柳さんはうれしそうにこちらを見ている。

「いいね、たまには。寄っていこうぜ。どこだよ、その評判のラーメン屋って」

「すみません、比喩です」

ぽかんとした顔に、あからさまな落胆が広がる。

「探しておきます、おいしい店」

それきり柳さんは再び目を閉じてしまう。

運転しながら、今日の首尾を考える。違う、と思った。さっきのは、ただの嫌がらせじゃない。やはり、音に何かが足りなかったのだ。たしかに上条さんは勤勉なピアニストではなく、自宅のピアノを弾いたのは久しぶりだったかもしれない。でも、そのときに、違う、と思ってしまったのだ。このピアノ、いつもと違う。

柳さんにはできることが僕にはできていない。わかってはいるつもりだったが、こうして拒絶という形でお客さんから突きつけられると、怖い。具体的に何ができていないのか、何が足りないのか、わからないことが怖い。

「怖い？　何が？」

眠っているのかと思った柳さんが急に話し出したのでびっくりした。同時に、恥ずかしくなる。頭で考えていたことが、どうやら口に出ていたらしい。

「あの、怖くなかったですか。駆け出しの頃、もしもこのまま調律がうまくならなかったらどうしようかと思いませんでしたか」

深く倒した助手席から目だけでこちらを見る。

「怖くなかったかな。いや、怖かったのかな」

それからふっと目を細めた。

「怖いのか」

黙ってうなずく。

「いいんじゃないの。怖けりゃ必死になるだろ。全力で腕を磨くだろ。もう少しその怖さを味わえよ。怖くて当たり前なんだよ。今、外村はものすごい勢いでいろんなことを吸収してる最中だから」

そういうと、くっくっくっ、と声を出して笑った。

「だいじょうぶだ、外村は」

「だいじょうぶじゃないです。焦るばかりで、怖いばかりで――」

柳さんは片手を上げて、僕の言葉を遮った。

「誰だ、業務とは別に毎日事務所のピアノを調律し直してるの。あれって、のべ何台の調律をしたことになると思う？　事務所の机に何冊調律の本を持ってる？　あれだけ読んで勉強してりゃ、知識もつくよ。そんで家では毎晩ピアノ曲集を聴き込んでるんだろ。だいじょうぶだよ、せいぜい今のうちに怖がっておけよ」

怖がっても、現実はもっと怖い。思うような調律はぜんぜんできない。

「調律にも、才能が必要なんじゃないでしょうか」

思い切って聞くと、柳さんは顔をこちらへ向けた。

「そりゃあ、才能も必要に決まってるじゃないか」

やっぱり、と思う。必要だと言われて逆にほっとしたくらいだ。今はまだそのときじゃない。才能が試される段階にさえ、僕はまだ到達していない。

僕には才能がない。そう言ってしまうのは、いっそ楽だった。でも、調律師に必要なのは、才能じゃない。少なくとも、今の段階で必要なのは、才能じゃない。そう思うことで自分を励ましてきた。才能という言葉で紛らわせてはいけない。あきらめる口実に使うわけにはいかない。経験や、訓練や、努力や、知恵、機転、根気、そして情熱。才能が足りないなら、そういうもので置き換えよう。もしも、いつか、どうしても置き換えられないものがあると気づいたら、そのときにあきらめればいいではないか。怖いけれど。自分の才能のなさを認めるのは、きっととても怖いけれど。

「才能っていうのはさ、ものすごく好きだっていう気持ちなんじゃないか。どんなことがあっても、そこから離れられない執念とか、闘志とか、そういうものと似てる何か。俺はそう思うことにしてるよ」

柳さんが静かに言った。

秋野さん、と呼んだが返事がない。

「秋野さん」

もう一度呼ぶとようやく気づいたらしく、つと目を上げた。

「なに？」

左手を左耳に上げ、見ると指で耳から何かをつまみ出したところだった。

「なんですか、それ」

「耳栓」

周囲の雑音がうるさいのだろうか。そう考えてから、思い当たった。調律のためか。そこまで耳を大事にしているのか。

「僕の耳、敏感だから」

秋野さんは真顔で言った。

「で、なに?」

「見学させてもらえませんか」

「え、何を」

秋野さん言うところのドンシャリを、学ばせてもらいたい。こんな気持ちになったのは、自分にどれだけたくさんのものが足りないか自覚できたからだと思う。

「秋野さんの調律です。お願いします」

頭を下げたら、渋い顔になった。

「嫌だよ、やりにくいよ」

「すみません。でも、ぜひ、お願いします、見せてください」

もう一度頭を下げると、手のひらの黄色い耳栓にしばらく目を落としていたが、

「見てもおもしろいもんじゃないと思うよ」

渋々承諾してくれた、と解釈して先にお礼を言ってしまう。

「ありがとうございます」

「そんな、期待するようなもんじゃないから。普通の調律だから」

その普通を知りたい。秋野さんの普通を見せてもらいたい。

「よろしくお願いします」

秋野さんは渋い顔のまま、もう耳に栓を詰めてしまった。

翌日、同行させてもらった家は、たしかに普通の家だった。特に変わったところのない一戸建ての家に、普及型のアップライトピアノ。でも、秋野さんの調律は普通ではなかった。

すごく速い。これまでに見た誰の作業より速い。普通なら二時間弱かかる工程が半分の時間で済んでしまう。しかも、とても簡単そうに見える。調律ってほんとうはすごく簡単なことなんじゃないかと錯覚しそうになる。無駄がなく、正確だった。あっというまに調律を終え、外してあった前板を戻し、鍵盤やマホガニーの天板をクロスでさっと拭いた。もともとピアノの上に載っていたバイエルの教則本をきちんと戻してから、奥の部屋に声をかける。普段からは考えられないほど親切な様子で依頼主の女性と話し、一年後の調律の大まかな日時を決めた。

そうして、愛想よく家の玄関を出た途端に、いつものそっけない秋野さんに戻った。少し離れたところに停めた車まで、並んで歩く。

「べつにおもしろいもんじゃなかったでしょ」

いいえ、と僕は言った。

「おもしろかったです」

「そう？　僕はおもしろくなかったけどね」

「すみません」

謝ったら、

「ああ、そういう意味じゃなくて」

秋野さんは軽く手を振った。

「速かったでしょ。あの家は、音を合わせるくらいで特別なことはしないんだ。見た？　小学生の子供がバイエルを弾いてるんだよ」

教則本があったのは見た。でも、小学生がバイエルを弾いているのはめずらしいことじゃない。めずらしくないからおもしろくないのだろうか。

「椅子の高さを見たらわかったんじゃない？　あの家の子は、もう小学校の高学年なの。それでバイエル。熱心じゃないんだよ、ピアノに対して」

「そういうものなんですね」

相槌を打ったが、蟠《わだかま》りはある。演奏者が熱心じゃないからといって、調律を熱心にやらなくていいわけではない。

それに、僕はバイエルが好きだった。いつだったか、通りを歩いているときに、どこかの家からピアノが聞こえてきた。素直な、やさしい音色だった。ああ、いいなあ、と思ったら、それがバイエルだった。

「言っとくけど、速いのは手を抜いてるからじゃないよ。僕、音を合わせるだけなら三十分あればじゅうぶんだから」

この目で見ていたから、よくわかる。秋野さんの調律は経験と技術に裏打ちされて、迷いがない。だから速い。

「前に、客先によって調律を変えるのは納得がいかないみたいなこと、外村くん言ってたじゃない」

覚えているのか。意外だった。たしかに僕はそう思ったが、口には出さなかったはずだし、秋野さんが気に留めているとも、ましてや今まで覚えているとも思わなかった。

「普段、五十ccのバイクに乗ってる人にハーレーは乗りこなせない。それと同じ。ものすごく反応よく調整したら、技術のない人にはかえって扱いづらいんだ」

車の鍵を開けながら、ささやかな反論を試みる。

「でも、ハーレーだって練習すれば乗れるようになります」

「乗るつもりがあるかどうか。少なくとも、今はまだ乗れない。乗る気も見せない。それなら五十ccをできるだけ整備してあげるほうが親切だと僕は思うよ」

もしかしたらそれは間違っていないのかもしれない。

「ほんとうは僕だって、打てば響くように、もっと敏感に反応するように調整したい。でもそれを我慢してる。響かないように、鈍く調整する。鍵盤にある程度遊びがあったほうが粗が目立たないからだよ。お客さんに合わせて、わざとあんまり鳴らないピアノに調整してるんだ」

「……はい」

助手席に乗り込んだ秋野さんは、静かにドアを閉めた。

「おもしろくないよ。どうせなら、ハーレーのほうをやりたい」

そう言って、窓の外を見た。

何も言えなかった。できないんじゃない。やらないんだ。性能のよすぎるピアノは、弾きこなせない。弾けない人をばかにしているのではなく、尊重しているのだろう。いくら打球がよく飛ぶからと言って、いきなり素人の小学生に金属バットは重い。

「だけど、もったいないです」

秋野さんも、ピアノも、木製バットで素振りするしかない小学生も。

黄色い耳栓をつけた秋野さんは、もう返事をしなかった。

「来年、来るんだって」

有名なピアニストの名前を挙げて、北川さんがはしゃいでいる。ピアノの貴公子だったか御曹司だったか、何かそんなニックネームのついた、フランスの人気ピアニストだ。

ええ、と応じる。

「そうらしいですね。向こうのホールですよね」

向こうの、というのはテリトリーを意味している。

隣町には立派なホールがある。そこには何台かピアノが納められているのだけれど、何カ月も前からチケットが完売するような名のあるピアニストが来日するときは、決まってリーゼンフーバー社のピアノが使われる。そのピアノがあることが、格の高いホールの条件だと言われるほどだから、多くのピアニストがそちらを選ぶのはしかたがない。

ただ、問題は、そのピアノにはリーゼンフーバー社専属の調律師がついていて、うちは一切関与できないことだった。

「ああ」

会話が聞こえたらしい柳さんはわざとらしく肩を竦《すく》めてみせた。

「向こうの、ね」

古くからのピアノのトップメーカーであるリーゼンフーバー社は、納入先での調律には必ず自社の調律師を派遣する。地元の調律師には任せないばかりか、触らせることも嫌う。調律師はもちろん一流の技術を持っているが、態度がよくないことでも有名だ。名門と呼ばれる自社以外を見下す言動を平気でするのだという。

「名門って言葉がすでに苦手だな。たぶん、自分には縁のない、一生関わりあうこともない社会なんだろうと思うからさ。俺なんかが逆立ちしたって敵わないような」

「柳さん、逆立ちなんかしたら敵うわけないです、ちゃんと両足で立たないと不安定で」

柳さんは訝しそうに僕を見た。ふざけているのか、まじめなのか、計りかねたのだろう。それから、

「でも、こっちには板鳥さんがいる」

得意気に言った。

「名門だかなんだか知らないが、板鳥さんの調律を越えられるやつが何人いる？　ピアニストも、聴衆も、あんなによろこばせることができる調律師が何人いる？　天下のリーゼンフーバー所属って言ったって、調律師の質はピンからキリまでだろう。板鳥さんを越えた調律を見せてみろってんだ。なあ、そう思わないか、外村」

はあ、と僕は言った。さすがにキリはいないと思った。柳さんももちろんわかっているはずだ。板鳥さんの調律は素晴らしい。競うような話ではない。

「自分とこのピアノは自分とこの社員にしかさわらせないって、そんなケチな話があるかよ。世の中にはごまんとピアノがあって、調律師がいてさ、そこで正々堂々と勝負して調律の権利を勝ち取ったんならわかる。競わせないんだもんな。いわゆる名門って、その程度なんだなって。もういいけど。俺たちが目指してるのはそんなところじゃない」

それからしばらく何か考えごとをしているような目つきをしていたけれど、ちらっとその目を上げて、

「俺、今、なんかかっこいいこと言わなかった？」

と聞いた。

「え、いいえ、特には」

正直に答えると、

「そっか。まあ、いい」

はは、と力なく笑った。

かっこいいかどうかは別として、柳さんの言いたいことはわかる。名門だ、老舗だ、と胡坐《あぐら》をかいていないで、純粋に腕のいい調律師が起用されればいいのに、と思う気持ち。でも、実際には、ピアノのことはそのメーカーの技術者である専属調律師が最もよくわかるだろう。

「柳くんさ」

向こうの机から、秋野さんがこちらに向かって言う。

「目指すって、どこを」

銀縁の眼鏡を外してこちらを見ている。

「勘違いしちゃいけない」

「そうですか」

柳さんの返事は、疑問形の「か」が少し上がりすぎだった。明らかに反論があるようだ。

「目指すのは僕たちじゃない。コンサートであれ、コンクールであれ、ピアノは弾く人のためにある。そこに調律師がしゃしゃり出てどうするの」

「しゃしゃり出るつもりはないですよ。だけど、俺たちにだって目指す場所はあるはずです」

目指す場所というのは、どこのことだろう。少なくとも、僕にはまだ見えない。

「それと、ピアノは弾く人のためだけにあるわけじゃないです」

柳さんは言った。

「聴く人のためにも存在しているんです。音楽を愛するすべての人のために」

事務所が、しんとなった。

眼鏡のレンズを拭いていた秋野さんが顔を上げる。

「柳くん、今、またかっこいいこと言ったと思ってるでしょう」

ふ、と秋野さんが笑う。その向こうで北川さんも口元を押さえている。

「あ、わかりました？」

柳さんが頭をかく。ふざけたふりをしてこの場を収めるのかと思ったら、話は終わらなかった。めずらしく、秋野さんが続けた。

「一流のピアニストに自分の調律したピアノを弾いてもらいたい。そういう気持ちは調律師なら全員が持ってるんじゃないの。でも実際にそれができるのは、ほんのひと握りの」

そこで、一瞬、言葉を切った。

「――ほんのひと握りの、幸運な人間だけだ」

幸運、と表現したけれど、ほんとうは何か違うことを言おうとしたのではないか。その場所にたどり着ける人間のことを。

秋野さんの机の電話が鳴って、話はそこでぷつっと打ち切られた。

幸運かどうかでいうなら、僕は幸運ではない、と思う。幸運な調律師と僕とでは、これまでに聴いてきた音がまるで違うだろう。

森の中で、熟した胡桃《くるみ》がほとほとと降る音。木の葉がしゃらしゃら擦れる音。木の枝に積もっていた雪が解けてちょろちょろ流れ出す音。

正確には、ちょろちょろではない。ちろちろ、だろうか。ちるちるのようでも、るりるりのようでもある。擬音じゃとても表しきれない音を、耳がたくさん知っている。それを無駄だと言うつもりはない。恥じる気持ちもない。ただ、それだけでは足りなかった。決定的に足りなかった。

幼い頃からピアノに親しみ、ピアノに鍛えられた耳と、音楽らしい音楽を聴いてこなかった耳。精度が違うのは当然だろう。

だけど、引っかかったのは、そこではない。秋野さんの言葉に躓《つまず》いて転びそうになった。

調律師なら全員が持っているはずだという気持ち。もしかしたら僕はそれを持っていないのではないか。

一流のピアニストに自分の調律したピアノを弾いてもらいたい、か。——いくら想像しても、僕の調律したピアノを一流のピアニストがステージの上で弾くところをイメージできないのだった。

その日の夕方だった。

「キャンセルされた」

　北川さんから取り次がれた電話を終えた柳さんが、席を立ってこちらへ来た。眉間に皺を寄せている。めずらしいことだ。キャンセルはよくあることだが、柳さんのこんな反応はあまり見ない。

「どうかしたんですか」

　質問の途中で、不意に思い当たった。

「もしかして、佐倉さんですか」

　佐倉さんというのは、由仁と和音の家だ。

「そう。ふたごんところだ」

「試験と重なったとか」

　発表会が近いのかもしれない。どうしてもピアノを弾かなくてはならなくて、二時間を調律のために空けられない、という場合もある。練習したくて調律を後回しにすることはじゅうぶん考えられる。

「いや、そういうことではないみたいだ。延期じゃない。断られた」

　心臓が細かく震え出すのがわかった。

「事故があったとか」

　思わず漏らすと柳さんは語気を強めた。

「簡単にそんなことを言うな」

思いたくないけれど、避けられない事故があって、彼女たちはしばらく調律をできない状況にある。そうでないなら、何があったというのだろう。

「電話してみるか」

首を横に振る。意気地がない。決定的なことを言われるのが怖い。

柳さんが席を離れる。自分の携帯から直接電話をかけてみるつもりらしい。知りたくないと思った。もうひとつの可能性に気づいてしまったからだ。由仁も和音も元気だ。ピアノも毎日弾いている。しかし調律は断る。別のところに頼むことにしたからだ。

残念ながら、ありえない話ではなかった。それでも、由仁も和音も元気で、ピアノをちゃんと弾いているのなら、断然そちらのほうがよかった。

しばらくして、柳さんが戻ってきた。

「弾けなくなったらしい」

信じたくなくて、聞き返す。

「ピアノを？　誰がですか」

「わからない。それは言ってなかった。こちらからは聞けないだろう」

由仁か、和音。どちらかが、弾けなくなったということだろうか。

「今は娘がピアノを弾けない状態なのでしばらく調律は見送りたい、とのことだった」

娘の、どちらだろう。あのふたりのうちのどちらかがピアノを弾けなくなるという事態を想像したくもなかった。でも、僕の耳の中でピアノが鳴っていた。どちらが弾けなくなったのか、想像するのも嫌だったのに、どちらに弾き続けてほしいかはすぐにわかった。

腹の底にごつごつした石を詰め込まれたみたいだった。自分の気持ちが信じられない。想像したくないものは想像しなくていい。わかりたくないならわからないままいればいい。それなのに、一瞬のうちに想像し、わかり、さらには願ってしまった。

和音だ。僕は和音のピアノが好きだった。和音にピアノを弾いていてほしかった。そのためには、弾けなくなったのが由仁でなければならない。

事務所の中の気温が急に下がった気がした。強く頭を振ってその考えを追い払おうとした。でも、どちらか一方しかピアノを弾けないのなら、和音がピアノを弾き続けられますようにと祈ることは、由仁が弾けなくなっているのを願うことと似ている。違うけれども、とてもよく似ている。まるで、ふたごのように。

ただの自分の好きなピアノの音色のために、誰かの不運を願うようなことがありえる。たとえばコンクールに出た誰かが勝ちますようにと願うことが、他の誰かが負けますようにと願うことと似ているのに、それを咎められないのは、ただの願いだからか。願ったからといって叶うとは限らないのだ。僕がいてもいなくても、木の実は落ちる。誰かは笑い、誰かが泣く。

和音のピアノが残りますように。由仁の明るかった笑顔を思い出さないようにしながら僕は願った。

翌日は新規のお客さんを訪問することになった。ちょうどよかった。ふたごのことを考える隙をつくりたくなかった。

電話で依頼があったときに、だいぶ古いアップライトピアノらしいこと、今も弾いているが最後に調律した日は不明であること、などは北川さんが聞き取ってくれていた。

「外村くん、行ってくれる？」

北川さんに聞かれたとき、もちろんうなずいた。一軒でも多く担当を持ちたかったし、一台でも多くのピアノを調律したかった。僕には経験が足りなかった。それなのに、担当数が一番少ないのも僕だった。

「依頼主に少々問題ありかもしれないけど」

ピアノに問題があるよりは、依頼主に問題があるほうが、まだましだと思う。依頼主に問題があっても、楽器に問題があるとは限らない。楽器に問題があるときは、必ず依頼主に問題があった。

大事にされてこなかったピアノは、もともと持っていた音色をよみがえらせるのが難しい。楽器としてすでに使いものにならなくなっている場合もある。修理が必要だと告げると、あっさり断られることもあった。そういうときは自分でもおかしいほど落胆する。

「でも、ま、だいじょうぶでしょう。声の感じからすると、二十代の男性ね」

北川さんがにっこり笑う。この人がだいじょうぶだと言うからには、たぶんだいじょうぶなのだ。どんな問題がありそうなのかまでは聞かないことにした。

ナビに住所を入れて車を走らせる。この辺ではよく見かける、茶色いブロックで建てられた四角い平屋。それがいくつも並んでいる一角の、日当たりの悪い側にその家はあった。

表札も出ていなかったが、チャイムを鳴らすと、僕と同じ歳くらいに見える男性がドアを開けてくれた。

「はじめまして、外村と申します」

挨拶をしても、返ってこない。

小さな家だった。玄関を上がると、すぐに洗面所と浴室らしきドアがあり、反対側のドアを開けると台所だ。そこを通って、奥の居間へ出る。片側は襖で、その向こうにもうひとつ部屋があるらしい。ピアノは、反対側の壁にぴったりくっつくように置かれていた。窓の三分の一ほどがピアノのせいで塞がれてしまっていた。

南さんというその男性は、顔を上げず、肩を突き出すようにしてピアノを指した。口が利けないのだろうかと思ったが、本人が電話してきたと聞いている。首まわりがたるんでよれよれになったスウェットのパーカーを着て、下もスウェット。あまりにも肌になじんでいて、きっとこの人はこれをずっと着ているのだと思う。

いつ調律をしたのか把握していないというアップライトピアノは、黒い艶を失って、天板も前板も白く濁っていた。天板には楽譜以外にもさまざまなものが置かれていたが、全体に埃はなく、たぶん今も日常的に弾かれているというのは事実なのだろう。

「では、様子を見させていただきます」

目を合わせようとしない男性に断って、調律鞄を床に置く。

ピアノの蓋を開け、試しに鍵盤を鳴らしてみて、唖然とした。ぽーんと鳴らした音が、明らかに狂っている。隣の鍵盤を叩いてみると、それも違っている。隣も、隣も、全部違う。音が割れ、響きは濁り、気持ちが悪くなるほどすべてがバラバラにずれてしまっている。これは大変な作業になる、と直感した。僕に調律することができるだろうか。

「これから作業に入りますが、かなり時間がかかりそうです。ご自由になさっていてください。何かありましたら声をかけさせていただきますので」

どんな音を望むのか、いつもなら確認するところだが、今日はそれどころではなかった。音程を合わせるだけで時間切れになりそうだ。男性からも特に何の反応もなかった。

まずは、天板の上のものをすべて退け、天板を開けて、前板を外す。中にずいぶん埃が溜まってしまっている。側板に貼られている黄ばんだ記録紙を確認すると、最後に調律されたのは十五年も前の日付だった。

とはいえ、このピアノが放置されていたわけではないのはわかる。弾かれた痕跡がある。弾かれているだけに、疑問だ。こんなに音が狂っているのに、何を弾いていたのだろう？　今まで、どうしていたのだろう？

ハンディクリーナーでピアノ内部に積もった埃を吸い込むところから始めた。天板を開けて弾いたことでもあったのだろうか。埃の中に、さまざまなものが落ちていた。ゼムクリップ、鉛筆のキャップ、輪ゴム、千円札、色の褪せた写真。埃まみれの写真をティッシュで拭うと、少年が照れくさそうにピアノの前で笑っている写真だった。それらのものを、天板の上にあった雑誌やティッシュケースなどの横に置く。

ピアノの背面が窓に付いているせいか、湿気が来るらしい。錆びかかっている弦もあれば、ハンマーシャンクが歪んでしまっているものもあった。それらを一つ一つチェックしながら、直せるだろうか、と不安がよぎる。調律以前の問題だった。よく弦が切れなかったものだ。この壊れかけた楽器を、修復できるだろうか。自信はなかった。

弦にこびりついた汚れを落とそうともう一度ティッシュに手を伸ばしたとき、ふと、さっきの写真が目に入った。瞬きをする。この少年。似ても似つかないのに、このかわいらしい少年が、この家の青年であることに気がつく。顔がよく見えなかったから、そしてあまりにも雰囲気が変わってしまっていたから、わからなかった。

手に取って、写真を見る。やはり、面影があった。長い年月の間に何があったのかは知らない。でも、たしかにこの写真に写っている笑顔の少年が、何年か後にすっかり風貌を変えてピアノの調律を依頼する。青年に、笑みはない。交わす視線も、言葉も、ない。はっとした。それでも、望みがある。ピアノを調律しようとしている。どんなに状態の悪いピアノでも、調律を依頼するということは、これからまた弾こうとしているということだ。希望があるということだ。

長く部屋の隅に忘れられたピアノがあり、ひどい環境下に打ち捨てられたピアノがあり、それでもこの仕事に希望があるのは、これからのための仕事だからだ。僕たち調律師が依頼されるときはいつも、ピアノはこれから弾かれようとしている。どんなにひどい状況でも、これからまた弾かれようとしているのだ。

僕にできることは、何だ。考えるまでもない。迷いもない。このピアノをできる限りいい状態に戻すことだけだ。

小さな家だ。青年の気配は常にどこかにあった。作業に没頭していても、音の波を数えるために耳を澄ませていても、隣の部屋で、青年が一緒に耳を澄ませている気配が伝わってきた。

調律を済ませたらピアノを売るのかもしれない。半分くらい、そう思っていた。そうであったとしてもいい。このピアノが、ここへ来たときの状態に戻すのは無理でも、ここで過ごした長い年月を味方につけて、今出せる精いっぱいの音を出せるようになればいい。

「終わりました」

声をかけると、青年はすぐにこちらへ来た。視線は外したままだ。

「ハンマーが歪んでしまっているものがいくつかと、弦を止めるピンが緩んでしまっているものがありました。修理することも可能ですが、今はとりあえず応急処置だけにしてあります」

説明をしているときも、うつむいたままだったが、

「試しに弾いてみていただけますか」

聞くと、しばらく間を置いて、かすかにうなずいた。

人と目を合わせもしない人が、人前でピアノを弾くとは思えなかった。だから、右手の人差指一本で、鍵穴の上のドを叩いたときに、その一音だけでも弾いてくれてよかったと思ったのだ。
ド、は思いがけず力強かった。青年はピアノの前に立って、一本の指でドを弾いたまま動かなかった。ドだけでは調律の具合はわからないだろう。できればもう少し弾いてもらえないか、と声をかけようとしたとき、彼はゆっくりとふりかえった。顔に驚きが

表れていた。その目は一度たしかに僕の目と合い、それからまた外された。彼は人差し指を親指に替え、もう一度ドを弾いた。それから、レ、ミ、ファ、ソ、と続けた。左手を身体の後ろで振るようにして、椅子を探した。椅子にその指の先が届くと、ピアノのほうを向いたまま左手で椅子を引き寄せ、すわった。そうして、両手でドから一音ずつ丁寧に一オクターブ鳴らしていった。

試し弾きをされている間は、普段なら気が抜けない。自分の仕事を目の前で品定めされる緊張感だ。でも、今日は、調律前よりも空気が和んでいた。

青年が、椅子にすわったまま肩越しにこちらをふりむいた。

「いかがですか」

聞くまでもない。笑っていた。青年は笑っていた。まるで、あの写真の中の少年のようだった。よかった、と思うまもなく、またピアノのほうを向いたかと思うと、何か曲を弾きはじめた。

ねずみ色のスウェットの上下で、髪は起きぬけのぼさぼさのままで、大きな身体を丸めて弾いている。テンポがゆっくり過ぎてわからなかったが、ショパンの子犬のワルツだった。

曲はしばらく像を結ばなかった。それが、だんだん、子犬の姿が見えるようになった。調律道具を片づけはじめていた僕は、驚いて青年の後ろ姿を見た。大きな犬だ。ショパンの子犬はマルチーズのような小さな犬種のはずだったけれど、この青年の子犬は、たとえば秋田犬や、ラブラドール・レトリーバーの、大きくて少し不器用な子犬なのだ。テンポは遅いし、音の粒も揃ってはいないけれども、青年自身が少年のように、あるいは子犬のように、うれしそうに弾いているのがよく伝わってくる。ときどき鍵盤に顔を近づけて、何か口ずさんでいるようにも見えた。

こういう子犬もいる。こういうピアノもある。

一心にピアノを弾く青年の背中を眺め、やがて短い曲が終わったとき、僕は心からの拍手を贈った。

人にはひとりひとり生きる場所があるように、ピアノにも一台ずつふさわしい場所があるのだと思う。コンサートホールのピアノは、堂々として、輝いて、いちばん美しい音を響かせて僕たちを魅了する。そう思ってきた。でも、いちばん美しいと誰に言えるのだ。これが最高だと誰が決めるのだ。

先日の青年をあれから幾度も思い出す。スウェットの上下を着て、目を合わせようともしなかった青年。誰も彼のピアノを聴かない。彼も誰かのために弾くのではない。聴衆の有無は、あのときの彼には関係がなかった。閉じていた心が、ピアノを弾くうちにだんだん開いていくのがわかった。大きな子犬と戯れているのが楽しそうだった。楽しいというか、うれしいというのか、ピアノを弾くよろこびを彼が体現してくれているように見えた。

ホールでは無理だ。あのピアノは、あの家で、あの彼が弾くためにある。それでいいのだ。あのひそやかなよろこびはホールで味わえるものではない。子犬の匂いを嗅ぐように、やわらかな毛並に触れるように味わう、ピアノ。それはひとつの極上の音楽の形だ。

彼にピアノを教えたのがどんな人なのか、わかるような気がした。そして彼が、どんなふうにそれを享受してきたのか。音楽は人生を楽しむためのものだ。はっきりと思った。決して誰かと競うようなものじゃない。競ったとしても、勝負はあらかじめ決まっている。楽しんだものの勝ちだ。

ホールでたくさんの人と聴く音楽と、できるだけ近くで演奏者の息づかいを感じながら聴く音楽は、比べるようなものではない。どちらがいいか、どちらがすぐれているか、という問題ではないのだ。どちらにも音楽のよろこびが宿っていて、手ざわりみたいなものが違う。朝日が昇ってくるときの世界の輝きと、夕日が沈むときの輝きに、優劣はつけられない。朝日も夕日も同じ太陽であるのに美しさの形が違う、ということではないだろうか。

比べることはできない。比べる意味もない。多くの人にとっては価値のないものでも、誰かひとりにとってはかけがえのないものになる。

一流のピアニストに自分の調律したピアノを弾いてもらいたい。その気持ちがコンサートチューナーを目指させるのだとしたら、僕の目指すものは別のところにある気がした。

コンサートチューナーを目指さない。

今の段階でそう決めてしまうことに、意味はないかもしれない。これから何年も経験を積み、修業を重ね、研鑽し、それでもコンサートチューナーになれるのはその中のひと握り――幸運なひと握り――だけなのだ。それを今から否定してしまうのは、逃げているととられてもおかしくないことだった。

でも、少しずつ見えてきた。音楽は競うものじゃない。だとしたら、調律師はもっとだ。調律師の仕事は競うものから遠く離れた場所にあるはずだ。目指すところがあるとしたら、ひとつの場所ではなく、ひとつの状態なのではないか。

「明るく静かに澄んで懐かしい文体、少しは甘えているようでありながら、きびしく深いものを湛えている文体、夢のように美しいが現実のようにたしかな文体」

何度も読んで暗記してしまった原民喜の文章の一節を思い出す。それ自体が美しくて、口にするだけで気持ちが明るむ。僕が調律で目指すところを、これ以上よく言い表わしている言葉はないと思う。

祖母が危ないと知らせが入った。

急いで実家に戻ったのに、間に合わなかった。僕が着いたときには、祖母はもう息を引き取った後だった。

家族と、数少ない親戚、それに集落の人々が集まって、山でささやかな葬儀をした。

寒村で生まれ、若くして結婚し、山に入植した人だった。林業で生計を立てていたが、ずっと貧しかったらしい。同期に入植した仲間は次々に山を下り、わずかに何軒かだけが残った。三十代の若さで夫が亡くなってからは、林業が立ち行かなくなって牧場に切り替えた仲間のところで働かせてもらいながら、娘と息子を育てた。娘は中学を卒業すると山を離れ、そのまま町で嫁いだ。息子は高校で一旦山を出たが、役場に就職して戻ってきた。結婚し、生まれたのが僕と弟だ。

僕が知っている祖母の経歴は、それだけだ。働き者で、寡黙だった。

家の裏口から続く林に、朽ちかけた木の椅子がある。物心ついた頃からここにあった椅子だ。祖母はときどきここにすわって、向こうに続く森を見ていた。森のほかに何もないと思っていたけれど、祖母には何が見えていたのだろう。

背後に人の気配がして、ふりかえった。弟がマフラーをぐるぐる巻きながらこちらへ歩いてくるところだった。

「冷えるなあ」

そう言って、僕がすわっている隣で立ち止まった。それからぐるりと周囲を見まわして、

「ぜんぜん、なんにも変わらなすぎて、逆に怖い」

弟は笑った。

「ほんとになあ」

僕も笑って相槌を打つ。実際には、表に植林してある白樺は僕らがここにいた頃よりも明らかに背を伸ばしていた。

風が吹いて、弟が身を竦める。

「今年の夏、海に行ったんだ」

「うん」

「大学のゼミのやつらと」

「泳いだのか」

弟は笑って首を横に振った。

「泳がないよ。知ってるくせに」

僕たちは泳げない。山の中の小さな学校にはプールがない。麓の町には町営プールが

あるから、そこに泳ぎを習いに行く友達もいたけれど、僕たち兄弟は中学を卒業した時点で水に浮くこともできなかった。

「兄貴は海を見たことある？」

「あるよ」

中学の修学旅行で道南をまわった。秋の日本海を見た。専門学校にいる頃は、港も近かった。それでも、海を見に行くことなどほとんどなかった。

また風が吹いて、弟が身を縮め、木々がざざあっと揺れた。

「夜、海の近くを歩いてたら、山の夜の音がしてさ」

どきんと心臓が鳴るのが聞こえた。山の夜の音。それがどういう音なのか、僕は知っていただろうか。思い浮かべようとするのに、静かな、どこまでも静かな闇のような山の夜が目の前に広がるばかりだ。

「ほら、今日みたいな風の強い日の夜に、音がするだろう。木が風に揺れる音かな、ごおうって唸るみたいなさ」

「ああ」

木々が風に撓《しな》って出す音のことだろうか。葉を震わせ、枝を揺らし、何千、何万の木々が鳴る。怖がって祖母の蒲団に潜り込んでいた弟の姿がよみがえった。

「あれが、海のそばで聞こえたんだ。思わず山を探したよ、海なのにさ。今の音、何だろう、って友達に聞いちゃったよ」

「うん」

「そしたら、海鳴りだって」

海鳴りという言葉は聞いたことがある。でも、それが山の夜の音と似ているなんて、知らなかった。

「不思議だよ、山と海で同じ音がするなんて」

弟は木々の梢を見上げて笑った。

「もしかしたら、海のそばで育った人は、山に来て海鳴りが聞こえることにびっくりするのかもしれないな」

淡い紫に染まりはじめた空を見上げる。白い月が山の端から出てきたところだった。空を見遣るふりをして、弟の横顔を盗み見る。こんなにやさしい顔をしていたのだったか。もうずっと、弟の顔をちゃんと見てこなかった気がする。泣いてばかりいた幼い弟。手がかかるからと、ふたつ上の僕は気を遣った。いつのまにか、聞き分けがよくおとなしい兄と、人懐っこく誰にでもかわいがられる弟、というわかりやすい図ができあがっていた。それを不満に思ったことはないつもりだった。

でも、今、弟の顔を見て、胸の中の何かが解けるのがわかった。解けるということは、蟠っていたということだ。学校へ入ってみると、僕よりも弟のほうが少し勉強ができた。

少し運動もできた。そんなことを、僕は妬んでいたのだろうか。僕よりも弟のほうが少し母と祖母に愛されていたことも。

「兄貴は、ここへ戻らないことに責任を感じてたよね」

弟が顔をこちらに向けたので、目が合ってしまう。

「調律師になるって言ったとき、すまなそうな顔をしてた」

「そうかな」

「そうだよ。あのとき、ばあちゃん言ってたよ。すまないと思うことなんかないって。継ぐとか継がないとか、そういうことは気にするなって。俺にも聞かせてたのかもしれないな」

継ぐって、何を。――つまらない質問をしそうになって口を噤《つぐ》む。僕たちはここで生まれ育った。継ぐものがあるなら、もうすでに身体の中に継がれているのではないか。

「兄貴は昔から大きなことを言うんだ。まわりはびっくりさせられてばかりだったよ」

驚いて、弟を見た。

「僕が？」

大きなことを、いつ言っただろう。大きなことを言ってきたのは、むしろ弟のほうだった。華やかな未来を話しては、母や祖母をよろこばせてきた。

「忘れた？　ピアノの音は世界とつながってるって熱く語ったじゃないか。世界なんて普通言わないよね。俺はまだ世界を見たことがない」

「僕もない」

だけど、ここは世界だろう。全体を見渡すことはできないけれど、たしかに世界だと思う。

「世界とか、音楽とか、兄貴が扱う相手はいつも大きい」

ふっと弟が笑った。白い息が見えた。

「ここ、世界なの？　ただの山だよね。俺、ここを出て以来一度もここより辺鄙なところを見たことがないよ」

それから、寒い、寒い、と両手を擦りあわせた。

「風邪ひきそうだ、中入ろう」

弟に促されて立ち上がる。

「ばあちゃん言ってたよ。ピアノのことも音楽のこともわからないけど、あの子は小さい頃から森が好きで、迷っても必ずひとりで帰ってきたから、きっとだいじょうぶだって」

こちらを見ずに弟が歩き出す。

家の戸口まで来て、弟はいきなり怒ったような声で言った。

「なんだよ、いっつもそうやって飄々として、まわりを煙に巻いて」

弟の顔は真っ赤だった。

「ばあちゃんは兄貴のことが自慢だったんだよ」

そんなことはない、と言おうとしたら喉が詰まった。

「俺は嫌だよ、なんでばあちゃん死んじゃったんだよ。ばあちゃんが死んで、どうしていいのかわからないよ」

涙声を聞いた途端、喉に詰まっていたものが、すごい勢いでこみ上げてきた。

「僕も、嫌だ」

自分の声じゃないみたいな声が出た。

そうだ、こういうときには泣くといいんだ。そう思う前に泣いていた。僕は僕よりも大きい弟の背中に腕をまわした。こんなふうに弟に触れたのは、いつ以来だろう。腕を突っ張って遠ざけていたものが、びゅんと僕の中に飛び込んできた。世界の輪郭が濃くなった気がした。

翌朝早く、森を歩いた。下草を踏み、エゾマツの赤茶けた幹を撫でる。梢でカケスが鳴いている。懐かしい、と感じていることに戸惑う。忘れていたのか。心はここを離れていたのか。風が吹いて、森の匂いがする。葉が揺れ、枝が擦れる。エゾマツの葉が緑のまま落ちるとき、音階にならない音がする。幹に耳を当てると、根が水を吸い上げる音がかすかに聞こえる。カケスがまた鳴く。

知っていた。知っている。叫び出したくなるような気分だった。エゾマツの鳴らす音を、僕は知っている。だから懐かしいのか。だから魅かれたのか。

ピアノの原風景を、僕はずっと知っていたのだった。最初の楽器は、森で生まれたのかもしれない。

山の夜の音が、という弟の声が耳にこだまする。

気がつかなかった。山の夜の音も僕たちの中にいつもある。ばあちゃんが見ていた音だ。ばあちゃんが聞いていた音だ。


受付から呼ばれて下りていくと、待っていたのは由仁だった。佐倉家の、ふたごの妹。心臓がぴょんと跳ねた。

「こんにちは」

にこやかに頭を下げるようすはいつもどおりで、思わず駆け寄りたくなってしまった。

「だいじょうぶ？」

精いっぱい何気なさそうに聞く。

「だいじょうぶです」

由仁の声が明るくて、それだけで僕の気持ちも明るくなる。

ふたごが調律をキャンセルしてからもうずいぶん経っていた。ピアノを弾けなくなったから、という理由で、それきり連絡がなかったのだ。こちらから聞くこともできず、ずっと気になったままだった。

ふたごのうちのどちらかがピアノを弾けなくなったと聞いたとき、僕はとっさに和音のピアノが残ることを願った。和音と由仁、生身のふたりを比べたのではない。ピアノだ。僕は和音のピアノが特別に好きだった。あのピアノが聴けなくなるのは絶対に嫌だと思った。そう思うことには罪悪感があった。由仁に申し訳ない。申し訳ないと思うことさえ申し訳ない。僕ごときが願っても、申し訳ないと思っても、どこへも届かないことがまだしもの救いだ。

だからこそ、今、由仁が来てくれてうれしい。元気そうな顔を見せてくれてうれしい。僕の罪が一片だけ軽くなったような気がした。

由仁の顔を見た瞬間、納得したのだ。そうか、弾けなくなったのは和音だったのか。残ったのは由仁のピアノだった。だけど、目の前に由仁がいることが、素直にうれしかった。この子が元気でよかった、と思った。もちろん、和音も元気なら最高だったのだけど。

「先日は、急にキャンセルしてごめんなさい」

由仁はまじめな顔になって頭を下げた。

「いいえ、そんなこと気にしないでください」

僕も由仁に倣って頭を下げる。由仁はにっこり笑って、

「おかしな病気なんですって」

唐突に病気と言われて身構える。

「他に支障はないのに、ピアノを弾くときだけ指が動かなくなっちゃうんです」

そんなことがあるのか、というのが率直な感想だった。大変ですね、と言っていいのかどうかわからない。お大事に、も軽すぎる。何を言っても違う気がした。

「治る——」

治るんですよねという質問をしかけてから飲み込んだ。無神経な質問だった。そんなことを聞いてどうする。万一、和音のその病気が治らないのだとしたら、妹の由仁に答えさせるのはあまりに酷だ。当事者の前で自分の勝手な願いを口にしようとした浅薄さを恥じた。

しかし、由仁は僕の質問を察したらしい。

「治るかどうかはわからないみたいです。たいていは治らないけど、治らないとも断定できないらしくて」

淡々と説明するのを聞きながら、背中にざぁっと鳥肌が立っていくのがわかった。和

音はもうピアノを弾けないかもしれない。絶対に嫌だ、と思った自分の気持ちがまだゆらゆらと燃えている。絶対に嫌だろうが何だろうが、和音は病気に罹ったのだ。それが現実だ。

「そんな顔しないでください。私はそんなに落ち込んでいるわけでもなくて——ううん、正直に言えば落ち込みましたけど、まあだいじょうぶで、復活しつつあって、だからこうして報告に来たんです」

何も言うことを見つけられない自分がつくづくなさけなかった。こういうときに人間の度量が試されるのだと思う。

「すみません」

きちんと受けとめられなくて、正しく応えられなくて、臍《ほぞ》を噛む思いだ。

「わざわざありがとうございます」

「どういたしまして」

由仁は笑った。いつもと変わらないように見えた。見えただけだ。由仁の心の中でどんな嵐が起きているのか僕には見当もつかなかった。

「それより、今日はちょっと相談があって来ました。和音のことなんですが」

そう言って、声をひそめた。

「病気がわかって以来、ものすごく落ち込んでるんです。ピアノのある部屋にも頑として入ろうとしない。困っています」

それはそうだろう。落ち込まなかったらおかしいくらいだ。困っているという由仁より、ほんとうに困っているのは和音だと思う。

「病気でもないのに弾かないなんて、最悪」

わざと蓮っ葉な口調で由仁が言い、鼻に皺を寄せた。精いっぱい嫌な顔をしてみせているのを理解する。嫌な顔。困っている。弾かない。最悪。そのとき、やっとわかった。

病気になったのは、和音じゃない。由仁だ。弾けなくなったのは由仁なのだ。目の前の景色が、反転して見えた。

「和音は怒ってるんです。私が病気になったことに」

そう言って、ちょっと首を傾げる。それから、ゆっくりと言い直した。

「私に怒ってるんじゃなくて、病気に怒ってるんだな。そのせいで私が弾けなくなったことと、結果的に自分も弾けなくなったことにも」

「由仁……さんは怒ってないの?」

僕が聞くと、由仁は、少し考えるような顔つきになった。

「怒ってます」

「うん」

そうだ、当然だ、と思った。でも、何に対して怒ればいいのかわからなくて、きっとこの子は途方に暮れている。

「私が弾けなくなったぶんまで和音が弾かなくちゃいけないんです。それなのに」

次の言葉を続けようとして、続けられず、由仁は口を開いたまま短く息を二度吸い込んだ。まるで息を吸っても肺に届かないみたいに。由仁の黒い瞳に、みるみるうちに涙が溜まった。

手を伸ばしたいのに、僕の腕は身体の横にぴったりとくっついたまま動かなかった。由仁の肩でも、背中でも、頬でも、どこでもいいからさすって安心させてあげたかった。だいじょうぶ、と言ってあげたかった。ぜんぜんだいじょうぶじゃないのに。

涙が今にもあふれる、その瞬間に由仁が手の甲でごしごしっと拭った。泣けばいいと思うのと同時に、涙が流れるところを見なくて済んだことに僕はほっとしている。

こほん、とわざとらしい咳ばらいが聞こえた。そちらを見ると、秋野さんが調律鞄を持って通るところだった。泣いている女子高校生と、立ち尽くす木偶《でく》の坊。傍から見ればおもしろい図だったかもしれない。

由仁はうつむいたまましばらくじっとしていたけれど、次に顔を上げたときには涙は治まっていた。目と鼻が赤かった。やわらかそうな髪がひとすじ、額から頬に貼りついていた。

「ごめんなさい、話、聞いてくれてありがとうございました」

ぴょこんとお辞儀をして、落ちてきた髪を右手でかき上げて、由仁は僕に背を向けた。そのまま、店のドアを開けて出て行こうとしている。

どうすればいいのかわからなかった。まだ仕事中だった。ただ、これからどんな仕事ができるとしても、今ここでこの子の話を聞かなかったら後悔すると思った。

走って追いかけて、店を出てすぐの舗道で由仁をつかまえた。制服の袖をゆるく摑む。

「送ります」

「いえ、だいじょうぶです」

由仁はまた穏やかに微笑んだ。微笑まれてもわからない。どんな気持ちでいるのか、わざわざ店に寄ってくれたのにもう帰ってしまうのは僕の対応にがっかりしたからではないか、このまま帰ってだいじょうぶなのか。

「ちょっと、お茶を飲んでいきませんか」

誘ってから、急いで考える。この近くにお茶を飲めるところがあっただろうか。

でも、由仁は、やっぱり微笑んだまま、

「だいじょうぶです」

と言った。何がだいじょうぶなのかわからなかった。でも、これは、たぶん、断っている、と思う。拒絶されている、と。

「じゃあ、気をつけて帰ってくださいね」

他に言いようがなくて、僕は制服を摑んでいた手を離し、その手を力なく振った。由仁は小さく頭を下げてから歩き出すと、角を曲がるまで、もう、一度も振り返らなかった。

ふわふわした雪が舞いはじめていた。五月も下旬に入ろうかというのに、やっぱり何か、どこかが変だった。

由仁が消えた道を、店へと戻る。通用口のドアに手をかけようとしたとき、不意に、真冬の、きーんと晴れ渡った空を思い出した。青く透き通って、太陽の光をまっすぐに通し、凍った木々の枝が銀色に光る。まぶしくて目が痛いくらいの日。そういう日にこそ、気温が下がる。マイナス二十五度を下まわるような日は、まず間違いなく快晴だった。

僕が育った山の集落では、冬の一番寒い日にはマイナス三十度になった。年に一度か二度あるだけのその日は、前の晩から怖ろしいほどの星が出ていた。そして翌朝、空には雲ひとつない。何もかもが凍りついて、ただ雪と氷が輝いている。吐く息が凍り、まつげが凍り、うっかり口を開ければ喉の奥の気管まで凍ってしまう。皮膚を刺されるような痛み。

あの凍てつく朝を思い出している。晴れた日ほど怖ろしかった。苦悩する和音と、吹っ切れたように笑う由仁。突然涙をこぼした由仁。ほんとうに心が凍る思いをしたのはどちらか、という問いに簡単に答えられる人はいないだろう。

ビルの屋上。落下防止の柵の外に、ひとりで立っている。幅二十センチほどの縁からは、靴がはみ出してしまっている。はるか下に車や人らしきものが動いているのが見える。足がすくむのをこらえ、ぐっと両足を踏ん張る。目を上げ、空を見る。まだ、だいじょうぶだ。でも、風が吹いている。いつまでもつかわからない。誰か、早く助けてくれないか。

無情にも風が強くなる。ビルがぐらりと傾斜した。気のせいだ。ビルは傾かない。身体が風に煽られただけだ。疲れてきている。足下がふらつく。もうだめかもしれない。踏ん張って、こらえる。下を見ないようにして、どうにかやり過ごす。また風が吹く。身体が揺れ、ビルがさらに傾く。もう、あきらめてしまおうか。どうせ落ちる。いや、まだだ。もう少しがんばってみよう。まだ助かるチャンスはあるはずだ。

しかし、また強い風が吹き、身体が大きく傾いてしまう。

秋野さんは赤いギンガムチェックのナプキンをきちんと結んでお弁当箱を片づけた。それから顔を上げて、どう？　と聞いた。どうかと問われても答えようがない。秋野さんが頻繁に見ていたという夢の話だった。

「夢を見るんだ。なぜかいつも高くて危険な場所に立っててね、落ちれば確実に助からないのに、さらに過酷な条件が重なるんだ。強い風が吹くとか、ビルが傾くとか。夢の中で、これから必ず落ちるってわかってる。落ちないように、踏ん張ったり、必死にしがみついたりするんだけど、やっぱり最後には落ちてしまう」

淡々と説明してくれる。

「夢の中でも、落ちたら死ぬんですか」

僕が聞くと、秋野さんは首を傾げた。

「さあね。そこはあんまり重要じゃない」

ではどこが重要なのだろうか。そもそもどうして夢の話など始めたのか。

「同じ夢を何度も見るんだ。最初の頃は、がんばってがんばって、ぎりぎりまで粘ってさ。それでも結局落ちるわけだ」

「怖い夢ですね」

「嫌な夢だ。汗をびっしょりかいて目を覚ましてた。そのうちに、少しずつ夢の中でもわかるようになってくるんだよ。ああ、これはどうしたって助からない、必ず落ちるって。足掻《あが》いても無駄だって。それで、だんだん見切りをつけるのが早くなる」

秋野さんはかすかに笑みを浮かべて僕を見た。

「少しがんばってみて、一度風が吹いたらもうだめだってわかるから。最後にその夢を見たときはさ」

　言葉を切り、ちょっと考えているみたいに視線を落とした。

「今でもはっきり覚えてる。最後は高い山の尾根にいた。これはいつもの夢だって気づいたから、風も雨も来る前に自分から飛び降りたんだ」

　秋野さんは人差し指で目の高さから机にジャンプする線を描いてみせた。

「目が覚めたけど、寝汗もかいてなかった。あきらめるってそういうことなんだなって思った」

「夢の中であきらめたっていうことですか」

「わかりやすいだろ。自分で飛び降りた夢を見た日に、俺は調律師になることに決めたんだ」

　それだけ言うと、秋野さんは立ち上がった。

「さて、仕事行くよ」

「あ……はい」

　事務所を出ていく細い背中をぼんやり眺めていてから、気がついて後を追う。秋野さんはもう階段を下りていて、僕の足音に立ち止まってふりかえった。急いで駆け下りて、尋ねる。

「飛び降りるまでに、どれくらいかかりましたか」

「四年」

即答だった。

「四年」

小さな声で繰り返してみる。軽い衝撃を受けている。これから四年間、由仁は落ちるのを怖がりながら過ごすのか。そうして結局、最後には自分で飛び降りるのか。

あの日、由仁が店に来て泣いた日、秋野さんが通りかかったのは覚えている。きっと経緯を聞いていたのだ。彼女がピアノをあきらめるのにそれくらいかかるだろうと秋野さんなりに教えてくれている。

四年が長いのか短いのかわからない。四年であきらめたつもりでも、ずっと引きずっていくかもしれない。それよりは、飛び降りてしまったほうがいい。

飛び降りるとき怖かったかどうか、秋野さんに聞いてみたかった。でも、勇気がなかった。落ちるまで味わい続ける恐怖と、それでも落ちていくときの絶望に比べれば、きっと自分から飛び降りるほうがましだ。思い切りよく、もしかしたらさっきみたいな笑みさえ浮かべながら、飛び降りたのかもしれない。そうだったらいい。

秋野さんはピアニストを目指していたと聞いた。その期間の長さや、注ぎ込んだ情熱の量にもよる。年齢にも関係するだろうし、もちろん性格によっても違うだろう。簡単に比べられるものではない。だけど、由仁がこれからの四年をうなされながら過ごすのはなんとしてでも避けたかった。僕にできることがあるだろうか。

秋野さんのすぐ後ろをついて歩き、駐車場へとつながる通用口で思い切って聞いた。

「どうして、ピアニストをあきらめようと思ったんですか」

秋野さんは事もなげに言った。

「耳がよかったからだよ」

薄く笑って続ける。

「僕の耳はよかった。僕の耳は、一流のピアニストが弾くピアノと自分のピアノがまったく別のものであることをよく知っていた。僕の耳の中で流れる音色と、僕の耳の外で流れている、つまり僕の指が奏でる音色とは決定的に違うことをいつも感じていた。その溝は、どうしても埋まらなかった」

救いは、秋野さんがその夢を今はもう見ないというところだ。すっかり見なくなったのならよかったと思う。

「おかげで、腕のいい調律師が生まれたんですね」

僕が言うと、

「外村くん、ちょっと口がうまくなったよね」

笑って、通用口を開けて出ていった。

めずらしく、日に二軒の依頼が重なってお客さんの家をまわった。午後七時を過ぎて事務所へ戻ると、机の上に柳さんの字でメモが残されていた。

「朗報」

黒いボールペンで書かれた二文字を見て、何があったのかと思う。

それなのに、メモを手に取った瞬間、ひらめいた。ふたごの話だ。内容はわからないけど、柳さんが僕に伝える朗報は、それ以外に考えられなかった。

事務所の机から携帯に電話をかける。柳さんはすぐに出た。

「おう」

「朗報って、もしかして」

言い終わらないうちに、

「さっき、依頼が入った。調律再開だ」

「再開って」

またしても言い終わらないうちに柳さんの声が被さる。

「佐倉さん。ふたごんところだ。奥さんから電話があった」

「ああ」

やっぱりだ。よかった。再開か。どれほどこの日を待ちわびたことか。

「弾けるようになったんですね」

電話の向こうで短い沈黙があり、

「少なくともどちらかひとりはな」

そう、どちらかひとり——それは間違いなく、和音だ。ふたりとも弾けるようになっていれば、と思いそうになるが、気持ちを引っ張り上げる。ひとりだけでも弾けるようになれば、ふたりとも弾けないよりはいい。はるかにいい。

「それで、もし迷惑じゃなかったら外村にも来てもらえないかって」

「え、僕も、行っていいんですか？」

「ふたごからのリクエストだそうだ。奥さんは恐縮してたけどな」

予定を合わせて佐倉家を訪問できたのは、一週間後の午後遅い時間だった。

佐倉さんの奥さんが、穏やかな笑顔で出迎えてくれた。

「お待ちしていました」

奥からふたごが出てきて、揃ってお辞儀をした。

「お久しぶりです」

「お騒がせしました」

明るい声でほっとした。

「またよろしくお願いします」

「こちらこそ」

柳さんもにこやかに答える。

「また調律に呼んでいただけてうれしいです」

後ろで僕も頭を下げる。ほんとうに、連絡がない間ずっと胸に大きな石がつかえているみたいだった。それが、ようやく動いた。

ピアノのある部屋へ通されて、

「何かリクエストはありますか」

柳さんが聞く。

「おまかせします」

ふたごは声を揃えた。

「では、何かありましたらいつでもおっしゃってください」

彼女たちが部屋から出ていくと、柳さんは上着を脱いでピアノの椅子に置いた。よく磨かれた黒いピアノを開ける。トーン、と白鍵を叩く。基準音のラはほとんど狂っていない。柳さんの調律をこうして近くで見るのも久しぶりだった。この頃は単独で調律するばかりだ。

ふたりで来てほしいという依頼の理由を考える。どうして僕も呼んだのだろう。以前、由仁が店へ来て、病気のことを話してくれた。そうした以上は僕にも声をかけるのが礼儀だと思ったのか。

柳さんが調律している間、いろいろな考えが浮かんでは消える。

この部屋は防音のしすぎだ。ピアノの足に防音装置を付けているのはもちろん、その下に毛足の長いカーペットを敷き、窓には分厚い防音カーテンが二重に掛けられている。前に来たときは、ずいぶん慎重な家庭なのだろうと思っただけだった。マンションだからしかたがないのだろう、と。でも、今は別の気持ちが強くなっている。もったいない。これではせっかくのピアノの音が半分は吸い込まれていってしまうだろう。和音の弾くピアノの魅力も半減してしまうということだ。

そう気づいたら、ぞくぞくした。半減して、あれか。

柳さんが弦の下に布を挟む作業をしている間に、両手を叩いてみる。ぱん、と乾いた音が鳴ってすぐに消える。残響はほとんどない。さらに、窓の上から床まで下ろされた防音カーテンを開けて、また両手を叩いてみる。ぱんっ。わずかながら、はっきりと残響が長く聞こえた。昼間に弾くときぐらいは、この重いカーテンを開けて弾いてもいいんじゃないだろうか。

「閉めて」

ピアノに屈み込んだまま、柳さんが言う。

「いつも閉まってんだから、閉めた状態で調律したい」

「でも、もったいないです。開けて弾いたほうがいいです」

「わがままだなあ」

「えっ」

驚いた声に、柳さんが顔を上げる。

「なに驚いてんだ」

「すみません」

わがままだと言われたのは、記憶にある限り、生まれて初めてのことだ。

「わがまま、って、あの、僕のことでしょうか」

思わず確かめると、柳さんは眉間に皺を寄せてこちらを睨んだ。

「この部屋にいるのは誰だ。俺と外村だ。そして、俺は今仕事をしている。わがままは言ってないつもりだ。俺がわがままじゃないとしたら、さて、誰がわがままだと思う」

「はい」

右手を挙げた僕に、よろしい、と柳さんはうなずいてみせた。

しかたなく、一度開けたカーテンを戻す。音を遮るだけでなく、光も遮ってしまう。もう一度僕はカーテンを開けた。夕刻のやわらかな日差しが差し込んでくる。

「おい」

「はい」

しぶしぶ閉める。もったいない、という思いを捨て切れない。

「こどもかよ」

こどもだなんて言われたのも、生まれて初めてだった。そうか、こどもか。ふ、と笑みが漏れる。なんだか気持ちが軽くなった。そうか、こどもか。わがままか。

「なに笑ってんだ」

「いえ、すみません」

謝る声にも、笑いが混じっていただろう。

やっと、わがままになれた。これまでどうしてわがままじゃなかったんだろう。聞き分けがよかった。おとなしかった。いつも弟に押されていた。通したいほどの我がなかった。

今、わがままだ、こどもだ、と指摘されてわかった。僕は、ほとんどのことに対してどうでもいいと思ってきた。わがままになる対象がきわめて限られていたのだ。

わがままが出るようなときは、もっと自分を信用するといい。わがままを究めればいい。僕の中のこどもが、そう主張していた。

ふたごがどうして僕を呼んだのかわからないまま、滞りなく進む柳さんの調律を見ていた。端正な調律だった。ついてまわっているときはわからなかった。ひとりでやるようになってからあらためて見ると、一連の作業が非常に丁寧であることも、柳さんの手先がとても器用なことも、よくわかる。真似をしなくていい。誰もがこんな調律ができるわけではない。でも、ひとつのお手本だ。つくづく、見習い期間中にこの人に教わることができてよかったと思う。

「終わりました」

ドアを開けて、柳さんが声をかける。すぐに奥さんとふたごが入ってきた。

「前と同じ状態に調律しておきました」

柳さんが簡単に説明すると、由仁は少し不服そうだった。

「あのう、私たちは前と同じじゃないですけど」

まっすぐに柳さんの目を見ながら言う。

「ピアノは同じにしておくほうがいいと思います。あなたたちが変わったのなら、きっと以前とは違う音色になります。それを確かめるのも大事なことだと思います」

由仁はわずかに首を傾けたまま黙っていたが、僕を見て言った。

「外村さんはどう思いますか」

僕がどう思うか聞きたくて呼んだわけではないと思うのに。しばらく由仁のまなざしを感じていたが、

「わかりません」

　正直に答えると、視線が外されるのがわかった。

「弾いてもらわないと、わかりません。試しに弾いてみてもらえますか」

　和音がうなずいた。

　以前は、試しに弾くのも連弾だった。ピアノの前にふたりで並んですわっていたふたご。観る、などと言うと芸か何かのようだけれど、艶のある黒い楽器の前に、ふたごが並んですわったとき、聴くよりもまず観るよろこびが胸の中で弾《はじ》けた。こんなにいいものを僕ひとりで観てしまっていいのか、という思い。どこかの音楽家によってあらかじめ書かれていた曲だとは思えないほど、ピアノから生まれてくるのは彼女たちの音楽だった。

　由仁のピアノは魅力的だった。華やかで、縦横無尽に走る奔放さがあった。人生の明るいところ、楽しいところを際立たせるようなピアノ。対して、和音のピアノは静かだった。静かな、森の中にこんこんと湧き出る泉のような印象だ。これからどうなるのだろう。ふたりのピアノがひとりのピアノになって、それでも泉は泉でいられるのだろうか。

　でも、和音がたったひとりでピアノの前にすわったとき、はっとした。背中が毅然としていた。白い指を鍵盤に乗せ、静かな曲が始まった瞬間に、記憶も雑念も、どこかへ飛んでしまった。

音楽が始まる前からすでに音楽を聴いていた気がした。今このときにしか聴けない音楽。和音の今が込められている。でも、ずっと続いていた音楽。短い曲を弾く間に、何度も何度も波が来た。和音のピアノは世界とつながる泉で、涸《か》れるどころか、誰も聴く人がいなかったとしてもずっと湧き出続けているのだった。

ピアノの向こう側に、和音を見つめる由仁の横顔があった。頬が紅潮している。由仁は弾けなくなったのに、和音は弾く。耐えられるだろうか、と案じてしまったことが恥ずかしい。由仁こそ和音の泉を一番に信じていたのだろう。

短い曲が終わった。調律の具合を確かめるための軽い試し弾きかと思ったけれど、違った。和音の決意がはっきりと聞こえた。和音は椅子から立ち上がり、こちらに向かってきちんとお辞儀をした。

「ありがとうございました」

こちらこそ、と答える代わりに拍手をした。由仁も、奥さんも、柳さんも、拍手をしていた。

「心配かけてごめんなさい」

和音が言った。そうして、次の言葉を発するために息を吸い込んだときに、僕にはもう和音が何を言おうとしているのかわかってしまった。

「私、ピアノを始めることにした」

和音のピアノはもう始まっている。とっくの昔に始まっている。本人が気づいていなかっただけで。ピアノから離れることなんて、できるわけがなかった。

「ピアニストになりたい」

静かな声に、確かな意志が宿っていた。まるで和音のピアノの音色みたいに。由仁の頭がぴょこんと跳ねた。

「プロを目指すってことだよね」

晴れやかな声だった。うきうきと弾む声。和音はようやく表情を和らげてうなずいた。

「目指す」

「ピアノで食べていける人なんてひと握りの人だけよ」

奥さんが早口で言った。言ったそばから、自分の言葉など聞き流してほしいと思っているのがじんじん伝わってきた。ひと握りの人だけだからあきらめろだなんて、言ってはいけない。だけど、言わずにはいられない。そういう声だった。

「ピアノで食べていこうなんて思ってない」

和音は言った。

「ピアノを食べて生きていくんだよ」

部屋にいる全員が息を飲んで和音を見た。和音の、静かに微笑んでいるような顔。でも、黒い瞳が輝いていた。きれいだ、と思った。

いつのまに和音はこんなに強くなったんだろう。ほれぼれと和音の顔を見る。きっと前からこの子の中にあったものが、由仁が弾けなくなったことで顕在化したのだと思う。そうだとしたら、悪いことばかりじゃない。由仁のことはとても残念だけれど。とても、とても残念だけれど。


「玉のようで」

口に出すと少し恥ずかしい。

「光のようで、森のようで——うまく表現できないですけど」

隣を歩く柳さんが、前を見たまま言う。

「和音ちゃんのことだろ」

うなずいた。正確には、和音のピアノだ。音と音が転がって、絡みあって、きらきらした模様をつくる、和音のピアノ。

「よかったなあ」

しみじみと、柳さんが口にする和音への祝福。

「ほんとうによかったです」

僕が呼ばれた意味がわかった。和音は決意を見せたかったのだ。精いっぱい胸を張って、一歩を踏み出した和音。上がった右足が、目に見えたような気がした。歩幅は小さくても、何かに導かれるみたいに迷いのない爪先。それを下ろした先は、まっすぐ遠くへつながっている。

山で暮らしていた頃、不思議なものを見たことがあった。小学校の五年生くらいだったか。ちょうど今くらいの季節に、ひとりで夜道を歩いていた。友達の家からの帰り道だ。何かが光ったような気がして、ふと目をやると、森を少し入ったところに立つ木が輝いていた。何が起きているのかわからなかった。おそるおそる、近づいて見た。楡《にれ》の木の細かい枝にさざめくように光が宿り、それがきらきらと輝いている。どういう現象なのかわからない。ただ、美しかった。怖いくらいだった。一本だけではない。まわりの樹の枝もちかちかと淡く光っていた。でも、その楡の木だけは特別だった。月の光の反射にしては輝きすぎていた。樹氷でなく、ダイヤモンドダストでもない、夏に光る木を見たのは後にも先にもあの一度きりだ。

今でも、あれは何だったのだろうと思う。和音のピアノを聴きながら、目の前にあの光がよみがえった。あの夜の、まぼろしの祝祭のようだった木の輝き。

「よかったなあ」

何度目かに柳さんが繰り返し、

「ほんとうによかったです」

僕もやっぱり同じ言葉を繰り返した。

一度だけの奇跡じゃない。それは確信していた。和音のピアノのよさは、たまたま発揮されるようなものではない。山では僕の知らないどこかで今夜も木が輝いているのだと思う。


ふたごが店を訪ねてきたのは、それから十日ほど経ってからのことだ。ちょうど週末に開かれる小さなリサイタル用の会場準備をしているところだった。

「あっ、懐かしい」

由仁が声を上げる。

「ずっと小さかった頃、ここで発表会をやったことがあるんです」

もともと、ここの幼児教室でピアノを習いはじめたのだという。

「佐倉さん？」

リサイタル用のピアノの調律を終えた秋野さんが由仁と和音に気づいて声をかける。

「お久しぶりです」

「やあ、すっかり大きくなったね。由仁ちゃんと和ちゃんだよね。昔からそっくりで区別がつかなかったよ」

秋野さんはふたごの顔をかわるがわる見た。佐倉家のピアノの調律は、だいぶ前に秋野さんから柳さんに引き継いだらしい。基本的には一台のピアノはひとりの調律師が調律することになっているが、何かの都合で途中で替わることはある。ピンチヒッターでお互いの顧客の調律に入ることもあるし、もちろん相性もある。たまたま家が近いという理由で交代することもあった。

「せっかくだから、弾いていく？」

「え、いいんですか」

聞いたのは由仁だ。そのまま由仁が弾くのかと一瞬思ってしまった。

「いいよ、今調律も終わったところだ。よかったら、一曲聞かせて」

秋野さんがにこにこしているのもめずらしい。そうだ、秋野さんはお客さんには愛想がいいのだ。それにやっぱり久しぶりにふたごに会ってうれしいのだと思う。

「じゃあ、ほら」

由仁が和音を促して、和音がピアノの前に歩み出る。

「お」

椅子を運んでいた柳さんが椅子を置いて駆けつける。

「こんなおもしろそうなことになってるなら、呼んでよ、早く」

僕を肘でつつく。

「ちょっと待ってください、せっかくですから」

事務所へ戻って、そこに残っていた北川さんに声をかける。和音のピアノを聴いてくれませんか。本気で弾くことを決意したばかりの和音のピアノ。ただの高校生だけど、ただの高校生じゃない。事務所のみんなに、できるだけ多くの人に、聴いてもらいたかった。

北川さんはすぐに来てくれた。外から帰ってきたばかりの営業の諸橋さんも顔を出してくれた。観客を二名連れて戻ると、和音はすでにピアノの前の背もたれのない椅子にすわっていた。ピアノは蓋を開けて和音が白い鍵盤に触れるのを息を止めて待っている。

ふっと息を吸う気配がして、曲が始まった。ピアノが息を吹き返す。こないだの試弾きのときに弾いたのとはまったく違う、軽やかで明るい曲だった。楽しい、美しい曲。ぽうぽうと自らを光らせるような、山の中で光っていた木を思い出させるような、和音のピアノ。そのよさを存分に発揮できる曲だった。どうしてこんなに、と思うほど胸を躍らせる。今までと違う。今までよりすごい。まるで由仁のピアノのいいところまで乗り移ったみたいだった。

最後の音を弾き終えて、両手を膝の上に揃えた瞬間に、北川さんが勢いよく拍手を始める。そうだ、拍手だ。慌てて僕も拍手をする。

和音が立ち上がって、お辞儀をする。由仁も、横でお辞儀をする。

「すてき」

北川さんが満面の笑みで拍手をし続けた。

　秋野さんは会場を出ていってしまった。でも、その後ろ姿が小さく一度うなずくのを僕は見た。

「外村くん」

　社長が興奮した面持ちで話しかけてきた。

「あの子、あんなにすごかったっけ」

　はいかいいえ、どちらかしか答えられないのだとしたら、はいだ。和音のピアノは以前からすごかった。そこに、今日は何かが加わっていた。

「ああ、びっくりしたなあ。化けたよなあ」

　化けたんじゃない。和音は前から和音だった。最初に聴いたときは、まだ双葉だったかもしれない。でも、ぐんぐん育った。茎を伸ばし、葉を広げ、ようやく蕾の萌芽を見せたのだと思う。これからだ。

「前から、すごかったと思います」

　控えめに告げると、社長は太い眉を上げて僕を見た。

「そうか、そうだったよな、外村くんはずいぶん肩入れしてたな。でも、なんていうか、前とは別人だよ。なんかすごいものを見せてもらった気がする」

「聞かせてもらったんじゃなくて、ですか？」

　社長がうなずく。

「ピアノがびゅんと成長する瞬間。いや、ひとりの人間が成長する瞬間、だな。そこに立ち会わせてもらった気分だ」

そう言うと、なぜか僕に握手を求めてきた。差し出した手をぎゅっと握って、それから僕の肩をぽんと叩くと会場を出ていった。

柳さんは和音のところに行って何やら話していたけれど、うれしそうに戻ってきた。

「やべぇよ、和ちゃん、やべぇ」

ふたごがこちらへ寄ってきて、

「突然来ちゃったのに、ありがとうございました」

和音がまた生まじめな顔に戻って頭を下げる。

「ごめん。用事があって来たんだよね。急に弾くことになっちゃって」

「いいえ、挨拶をしたかったんです。これからもよろしくお願いします、って。だから、弾かせてもらえてよかったです。弾くのが一番ですよね」

「うん」

うなずくと、和音はようやく表情をほころばせた。

「あのう」

傍らの由仁が僕をまっすぐに見ていた。一瞬、頭が混乱した。由仁と和音は似ている。それは知っていた。でも、この顔。この表情。そうだ、こないだ佐倉家を訪れたときの和音にそっくりだった。黒い瞳に光が宿り、頬が紅潮している。きれいだ、とやっぱり僕は思った。強い意志を秘めるかのように結ばれた唇が、開く。

「私、やっぱりピアノをあきらめたくないです」

あきらめる。あきらめない。――それは、どちらかを選べるものなのか。選ぶのではなく、選ばれてしまうものなのではないか。

由仁の視線が刺さる。あきらめたくないと言うこの子に、何もしてあげることができない。受けとめきれないと思いながら、視線を外すこともできない。

「調律師になりたいです」

意表を突かれて、言葉が出なかった。

でも、由仁の真剣な表情を見て、思った。ピアノをあきらめることなんて、ないんじゃないか。森の入口はどこにでもある。森の歩き方も、たぶんいくつもある。調律師になる。間違いなくそれもピアノの森のひとつの歩き方だろう。ピアニストと調律師は、きっと同じ森を歩いている。森の中の、別々の道を。

「和音のピアノを調律したいんです」

「それは――」

柳さんと僕の声が重なった。たぶん、違うことを言おうとしているのだと感じた。

「おもしろいね」

果たして、柳さんは言った。

「いい専門学校があるから。そこで勉強するといい」

「私が望んだんです」

和音が言った。

「もしも、由仁が私の弾くピアノを調律してくれたらすごく心強いと思って」

「ううん」

由仁が遮る。

「私が望んだんです。和音の弾くピアノを調律したいんです」

「でも」

割って入ると、四つの黒い瞳が一斉にこちらを見つめた。

「でも、何だよ」

柳さんも僕を見る。僕は黙って首を横に振る。

でも、ほんとうは、僕だ。僕が調律したい。そう思うのに、それを言うことができない。僕には力がない。僕の調律は和音が羽ばたいていくのに間に合わないのかもしれないのだった。

「ピアノを弾く人ならみんなわかっていると思います。ひとりなんです。弾きはじめたら、結局はひとりなんです」

和音が静かに訴える。

「だからこそ、由仁が完璧に調律してくれたピアノを弾きたい。それが今の私の夢になりました」

夢、か。柳さんと僕は顔を見合わせた。たぶん、また、違うことを考えている。

「いいねえ」

柳さんが言う。僕は、歯がゆい。そんなささやかな夢でいいのか。違うんじゃないのか。もっと大きな夢を見ていいんじゃないのか。和音は、和音だ。ピアノを食べて生きていく人なのだ。

「ピアノを弾きはじめたらひとりです」

由仁が和音の言葉を繰り返す。声に強い意志が込められていた。

「だから、そのひとりを全力で私たちが支えるんです」

ああ、と声が出そうだった。私たち。それは、僕たちが言わなければいけなかった台詞だった。僕が、僕たちが、和音のピアノを支える。

「和音がそうであるように、私もピアノで生きていくんです」

遠い山の中の木に、またぽうっと明かりが灯ったのが見えた気がした。由仁はすでに調律師になることを固く決意しているのだと思った。

「じゃあ、今日はこれで失礼します、お邪魔しました」

ふたり揃ってお辞儀をして顔を上げたときには、もうすっかり明るい笑顔だった。

入口まで見送って、手を振る。二階の事務所へ戻っても、柳さんはまだ興奮していた。

「なんだか俺、めちゃくちゃにがんばりたい気持ちなんだよ。ああ、いつ以来だろう、こんな気持ち。ボクシングの中継を観たときみたいだ。そのあと、無性に走り出したくなってるような、あの血沸き肉躍る感じだ」

矢継ぎ早に喋って、それからため息をついて首を振った。

「歯がゆいなあ。がむしゃらにがんばりたいのに、何をがんばればいいのかわからない」

「僕もです」

何をがんばればふたごを応援できるのか。どうがんばればいい調律ができるのか、わかっているならすぐにでも全力でその努力をするだろう。どんなに大変でも、苦労しても、何をすればいいのかわかっているなら。

それは、もしかすると、ピアニストにとっても同じなのかもしれない。基礎や技術的な訓練は不可欠だろうけれど、どうやって表現を磨くか。ほんとうにいい音楽のためになるのは何か。それが何なのか、たぶん、誰にもはっきりとしたことはわからない。

「ああ、俺、血がにじむような努力ってやつをしてみたいよ」

右手で拳をつくった柳さんは、僕がじっと見つめているのに気づいたらしい。

「そう思わないか？」

「思います。すごく思います。けど、何をがんばればいいのか、どんな努力をすればいい音をつくれるようになるのか、それがわからなくて」

「ぶんぶん腕を振りまわしてる感じなんだよな」

柳さんは笑った。

「走り込みかな。早朝ランニング。縄跳び。水泳もいいらしいぞ。プールで毎日五キロ泳ぐんだ」

「ほんとですか？」

「ほんとだと思うか？」

僕の落胆した顔を見てまた笑う。

「走ったり泳いだりして体力をつけておくっていうのは、調律師として以前に人間として大事なんじゃないか。俺はやらないけど」

「やらないんですか」

「あたりまえだろ。走るの嫌いだよ。でも、役に立たないこともないんだろうな、体力がつくんだから。外村さ、よく事務所のピアノ調律してるだろ。あれと同じくらいには役に立つんじゃないか。同じメーカーの、わりと状態のいいピアノを調律しても、まあ、無駄とは言わないけど、何巡かしたら、あんまり意味ないと思う。もちろん、やらないよりはずっといいだろうが、もう次へ進んだほうがいい」

次へ。進めるなら、進みたい。がんばれるなら、がんばりたい。いや、がんばらなくちゃ嘘だろう。和音も、由仁も、歩きはじめている。

でも、どうやって。また、自信のなさが胸の奥で首を擡《もた》げている。どうがんばればいいのかわからないまま、足踏みをしている。ほんとうはふたごと一緒に行きたいのに。できれば走って追いかけたいのに。

「それにしても」

「うん」

「どうしてあんなにきれいな、天国で鳴ってる鐘みたいな和音《わおん》が出せるんでしょう」

「和音《わおん》だけじゃなくて、全部きれいじゃないか」

柳さんが笑う。全部きれいなのは事実だけれど、和音《わおん》のところは特別だった。心地よくて、身体の芯がとろけるようで、気をつけていないと涙が出そうになった。あの音の重ね方はちょっと別格だと思う。同じピアノで誰かが弾くのを何度も聴いたのに、どうして彼女の弾く音色は違うんだろう。あの和音《わおん》をもっと活かすには、どんな調律をすればいいんだろう。

「しかし、よかったなあ。俄然、元気が出たよ」

これから外まわりだという柳さんと分かれ、席に戻ったときに、不意に思いついた。

和音《わおん》が特別にきれいだと感じるのは、やはり気のせいではないのではないか。平均律で調律するとどうしても生じてしまう濁りのある音だけを、弱く弾いているからではないだろうか。専門学校に通っているときに、理論だけは習ったことがある。和音《わおん》の組み合わせによって濁りの出る音をひとつひとつ把握していて、その音だけを小さく弾くことのできる稀有なピアニストがいるのだと。たしか、ペダルも細かく操作して響きをコントロールしているという話だった。

もしも、ほんとうに和音がそんなピアニストだとしたら、調律にできることは何だ。ペダルの利きをもっとよくすれば、さらに繊細に弾けるようになるだろうか。

椅子から立ち上がり、さっき和音が弾いていたピアノのペダルを見にいこうとして、思い止まる。明日のリサイタルに向けて調律を終えたばかりのピアノだった。触って変えてしまっては台無しだ。落ち着け。でも、椅子にすわり直したら、衝動に駆られた。今確認しておかなければ次に和音が弾くときに試してみることもできない。再度立ち上がったときに、

「何やってんの、外村くん」

声をかけられて、思わずぺたんと腰を下ろした。北川さんが不審そうに見ている。

「さっきから、立ったり、すわったり」

「いえ、ちょっと、ペダルを調整してみようかと」

「してみればいいじゃない」

「でも、あの、しないほうがいいかなと」

語尾を濁したら、北川さんが吹き出した。

「何か思いついたのね」

「ああ、ええと、彼女の和音《わおん》を聴いて、ハーフペダルや四分の一ペダルがもっと利くようにしたら弾きやすいんじゃないかと、でも推測なんです」

「だから、試してみればいいのよ、ほら、早く行って和音ちゃんつかまえてきて」

慌てて首を振った。

「いえ、役に立つか立たないか、わからないんです。もしかしたら、余計なことかもしれない、でも大事なことかもしれなくて」

自分でもどっちつかずだと思う。つまり、自信がないのだ。まだ思いつきだから、と言い訳して逃げているのかもしれない。

「あのね、外村くん。その思いつきは、あの子の役に立つかもしれないし、立たないかもしれない。それでも、外村くんのこれからの調律の役には立つかもしれない。ううん、立たないかもしれない」

北川さんは笑いながら続けた。

「音楽って、もともとそういうものなんじゃないかな」

「はい」

うなずいたけれど、そうだろうか、という思いもあった。音楽は役に立つかもしれないし、立たないかもしれない。そうかもしれないけれど。

「北川さん、僕、初めて板鳥さんの調律したピアノの音を聴いたときに、人生が変わったと思っています」

「うん」

「音楽が僕の人生の役に立ったのかどうか、わかりません。でも、僕の人生はあのときに立ち上がったんです。それは、役に立つかどうかをはるかに超えた体験でした」

「うん、わかるよ」

北川さんは力強くうなずいた。

「だからね、思いついたことをやってみたらいいと思うの。うまくいかなかったら、戻せばいいじゃない。和音ちゃんのピアノがもっとよくなるかもしれないんでしょう」

「はい」

すわっていた席から、もう一度立ち上がる。和音はもう帰ってしまっただろう。

「なんだか、外村くんを見てたら、昔読んだ推理小説を思い出しちゃった」

「え、どういうことですか」

北川さんが席を立ってきて、声をひそめる。

「話はすごくおもしろかったんだけどね、事件解決の手がかりが、ちょっとなんていうか突拍子もないっていうか。犯人からかかってきた無言電話の向こうに、かすかに、カツンカツンって音が聞こえるの」

「はぁ」

話のつながりが見えなかった。

「主人公はそのカツンカツンを聞いて、その電話がかけられた場所を推理するんだ。犯人は室内犬を飼っているって。寿命の尽きようとしているその犬が、横たわった床を力なく爪で叩いてる音だって当てるのよ」

「カツンカツンだけでですか？」

「そう」

北川さんは小さく息を吐いて、

「些細な手がかりから、そのピアノに最適な音を見つけることができる。それは、もう、カツンカツンみたいなことなんじゃないかな。だからもしかしたら導き出した答えは間違っているかもしれない。ミスリードもある。でも、それをやれるかどうかが調律師の資質なんだと思う」

「はぁ」

「外村くんは、いけると思うよ。たぶん、カツンカツンを見つけるのがうまい。それが技術に結びつくのはまだ先かもしれないけど」

　ああ、励ましてくれている。それがわかって申し訳なくなる。

「ありがとうございます」

　素直に頭を下げる。

「カツンカツンって、たぶんカササギのことですよね」

　思いついたままを口にすると、北川さんはぽかんと僕の顔を見た。

「天の川で、カササギが橋になってくれるっていう話がありますよね。ピアノとピアニストをつなぐカササギを、一羽ずつ方々から集めてくるのが僕たちの仕事なのかなと思います」

　北川さんは大げさに首を振った。

「前から思ってたけど、外村くんってほんとロマンチストよね」

「そんなことはないです」

　僕の言葉を聞き流して、楽しそうにもう一度首を振る。

「カササギねえ。考えたこともないわ」

　カササギは最後の一羽まで揃わなきゃいけない。一羽でも足りないと、一羽分よりもっと大きな隔たりが空く。カササギが足りなかったら、最後は大きな溝を跨ぐのか、跳び越えるのか。

道は険しい。先が長くて、自分が何をがんばればいいのかさえ見えない。最初は、意志。最後も、意志。間にあるのががんばりだったり、努力だったり、がんばりでも努力でもない何かだったりするのか。

毎日ピアノに触れること。お客さんの言葉をよく聞くこと。調律道具を磨くこと。事務所のピアノを一台ずつ調律し直すことや、ピアノ曲集を聴き込むこと、秋野さんや柳さんに教えてもらうこと、板鳥さんにもらうヒント。和音の音色。そして、もしかしたら、短い夏に草いきれの中で寝転ぶことや、山の夜にひっそりと輝く木を見ること、泉のせせらぎに耳を澄ますこと。きっとすべてがカササギだ。

くるくる回って止まらなかった方位磁針が、ぴたりと止まる。森で、町で、高校の体育館で、たくさんのピアノの前で揺れていた赤い矢印がすべて、ひとつの方向を指していた。和音のピアノ。僕は、和音のピアノのために全力でカササギを集めようと思う。

ピアノを食べて生きていくんだよ、と言った和音の声が耳から離れない。あのときの凜とした声。紅潮した頰。黒く光っていた瞳。

朝早く、事務所への道を歩きながら、何度も思い出す。和音のピアノ。和音の言葉、和音の表情。それらは僕だけに向けられたものではなかった。それでも、僕を打つ。何度でも僕を打つ。僕にも返せるものがある。応えられるものがある。

誰もいない事務所の鍵を開ける。入社したての頃、新人である僕が最初に鍵を開けるのが当然だと考えていた。そんなことは気にしなくていい、と言われたのはまもなくのことだ。朝は早いほうが道が空いているから早く出勤するだけだ、余計な気を遣わなくていいのだと秋野さんが言い、以来、事務所の鍵を開けるのはずっと秋野さんだった。でも、今朝は、いてもたってもいられなかった。僕の部屋にピアノはない。一刻も早く事務所に行って、ピアノに触れたくてたまらなかった。

和音のピアノが好きだったのは、上手なだけじゃない、きれいな、上品なだけじゃない何かが音色の底に隠れていて、それがもうすぐ露《あらわ》になる感じがするから。その直前の緊張感がときどき現れていたからだ。

それが、ついに顔を出したのだと思う。和音の、あの強さは必ず音に出る。自分にできるだろうかと躊躇する気持ちが少しでもあったら、弾けなくなった由仁に対する遠慮が少しでも残っていたら、たぶんピアニストは目指さないだろう。

和音のピアノに加わったのは、影ではない。弾けなくなった由仁の恨みや悔いを引き受ける責任感でもない。そういうものをすべて飲み込んで生まれる強い明るさみたいなものだった。

店の通用口を入ったところで、軽いめまいを感じて立ち止まる。あの明るさがよみがえる。目の裏に、耳の奥に。和音が本気でピアニストを目指すことが、こんなにも僕を励ますとは思わなかった。和音本人にもそんなつもりはなかっただろう。

階段を上り、事務所の窓を開ける。空が光る。この時間の風はまだ冷たい。

ピアニストになる、と決めた瞬間から、世界はこれまでとは違って見えたのではないか。僕も、和音と同じ歳だった。十七歳。十七歳のときに、板鳥さんと出会ったのだ。調律師になる、と決めたときのよろこびを、今でもはっきりと思い出せる。何の保証もないのに、突然目の前の靄《もや》が晴れたような、初めて自分の足が地面を蹴って歩き出したような、手でその輪郭をなぞれそうな、よろこび。あのときは、これからどこまででも歩いていけると思ったのだ。どこまででも歩いていかなければならないだろう。

調律を再開した日、佐倉さんが話してくれた。和音はピアノの練習をどれだけやっても苦にならないらしい。

「いくら弾いても、ぜんぜん疲れないんですって」

佐倉さんはそう言って目を細めた。

「そんなに練習できるというのは、それだけで才能ですね」

柳さんが相槌を打っていた。

ほんとうにそうだと思う。和音が何かを我慢してピアノを弾くのではなく、努力をしているとも思わずに努力をしていることに意味があると思った。努力していると思っている努力は、元を取ろうとするから小さく収まってしまう。自分の頭で考えられる範囲内で回収しようとするから、努力は努力のままなのだ。それを努力と思わずにできるから、想像を超えて可能性が広がっていくんだと思う。

うらやましいくらいの潔さで、ピアノに向かう。ピアノに向かいながら、同時に、世界と向かい合っている。

僕にはするべき努力がわからない。わからないから手あたり次第になってしまう。早朝の事務所で、和音の家にあるのと同じタイプのグランドピアノの蓋を開ける。朝のうちに、これを一台、純正律で調律し直そうと思う。

純正律というのは、音律のひとつだ。一オクターブの中に、ド、レ、ミ、ファ、ソ、ラ、シ、それぞれの半音を含めた十二の音程を取る方法はいくつかある。おもなふたつが、純正律と平均律だと言える。

一オクターブを均等に十二に分ける平均律は合理的なので、ほとんどすべてのピアノの調律に採用されている。それでほぼ問題はないものの、厳密に言えば一定ではないはずの、隣りあう音同士の距離が均一に設定されるため、音の組み合わせによっては濁りが生じてしまう。和音《わおん》にしたときのドミソのミと、ラドミのミは、本来は音の高さが違うのだ。

対して、音の響きを優先したのが純正律だ。一音ずつの周波数の比が整数比になるよう規定されている。いくつかの音を重ねたときに、周波数の比が単純であればあるほど、美しく響くからだ。だから、純正律で調律したピアノを使えば、和音《わおん》は美しい。ただ、音と音の間隔が一音ずつ違うので、転調すると使えなくなってしまうという大きな弱点がある。

弦楽器や管楽器なら、演奏するときに自分で音の高さを変えることができる。たとえば、短調のドミソ——ミはフラット——であれば、ミを心持ち高めにする。そうすることで完璧なハーモニーが生まれる。ただし、そのためには、そのミが、どの調性で、どの和音《わおん》の、何番目の音なのか、完全に把握していなければならない。さらにそれを楽器で弾き分ける技術も必要だ。理論としては僕にもわかるが、そんなふうに演奏するのが並大抵のことではないこともわかる。

ピアノにはそもそも無理だ。鍵盤に割り当てられる音は決まっていて、自分で音程を変えることはできない。僕たち調律師がつくった音で弾くしかない。ハーモニーに微妙な濁りを感じても、その音で弾くしかないのだ。

純正律による調律。試してみたいと思いながらも、そんな余裕はないと思い込んできた。でも、「絶対」はない。「正しい」も「役に立つ」も「無駄」もない。ひとつひとつ外していくと、余裕なんて取るに足らないもののように思えてくる。今は、調律に関することなら何でもやりたい。試したい。何が余裕に変わるかわからない。余裕が何に化けるかもわからない。余裕が自然に生まれるまで待っていたら、何十年もかかってしまうかもしれない。

平均律から純正律へ、一時間弱で調律を終え、試し弾きをする。僕はピアノが弾けないから、響きを確かめるだけだ。ドミソ、ソシレ、ファラド。今日のうちにはまた平均律に戻しておかなければならない。それが残念に思えるほど、響きは美しかった。

「おや」

ショールームのドアから顔を出したのは、板鳥さんだった。

「外村くんでしたか」

驚いたように少し身体を反らして言う。

「いったい何があったんですか」

何の話かわからなかった。何かあったのだろうか。

「急によくなりましたね」

「何がですか」

「外村くんの調律ですよ」

穏やかな口調ながら、まじめな顔で言う。

「音が澄んでいます」

もしほんとうにそうならうれしい。でも、そんなはずはなかった。音程は変えた。純正律で合わせた。でも、音色のほうはどうだろう。意図して変えてはいない。

「いいですね」

板鳥さんはにこにことうなずいた。

「ありがとうございます」

板鳥さんは笑顔のままショールームを出ていった。

ほんとうだろうか。ほんとうに僕の調律はよくなっているだろうか。クロスで鍵盤を拭き、そっと蓋を閉める。

いつか柳さんとレストランの喩え話をした。誰が食べるかわからないから、どんなお客さんにも最初のひとくちでインパクトを与えられるよう苦心するのだ、という話。誰が食べるかわかっていれば、その人に照準を合わせることができる。好みのおいしさを提供することができる。調律も同じだ。誰が弾くかわかっているのなら、その人に一番似合う音色、その人の一番欲しい音色をつくればいい。

一羽のカササギが飛んできて、エゾマツの森に止まる。僕は、和音が弾くことを想定してショールームのピアノを調律した。ピアニストになると決めた和音のピアノのために。

ひとりで調律にまわるようになって、ぽつぽつと初めてではないお客さんも増えてきた。

一度訪問した家は、覚えている。その家よりも、依頼主よりも、ピアノを覚えている。あっ、と思うのだ。黒い蓋を開いたら、わかる。自分の調律の跡みたいなものが、はっきりと残っている。まるで自分の姿を鏡で覗くようだ。何を考えて、どうしたくて、どこをどうしたのか。こんなにもわかるものなのだ。

僕は人間に対しては社交的ではないし、人懐っこくもないのに、ピアノにだけは親しみを感じる。やあ、久しぶり、と声をかけたくなる。ピアノの中に自分が残っているのなら、それもうなずける話だ。

去年会ったときにはつんとすましていたピアノが、少し打ち解けて、こちらに歩み寄ってくれている気がすることもある。お客さんもそうだ。去年はずっとピアノに張りついてぴりぴりと作業を見守っていたお客さんが、今年は任せてくれた。

「あなたのおかげで、うちのピアノがすごくいいピアノに思えたの」

今日行った家で、年配の女性がそう言ってくれた。

「うちのピアノを、大事そうに、愛おしそうに扱ってもらえてうれしかったのよ」

照れくさかった。

「いいえ、こちらこそです。ありがとうございます」

音をほめられたわけではないけれど、今の僕には過分な言葉だった。

白い軽に調律道具を積んで、気分よく運転して店へ帰る。去年の僕がピアノに残っているのを、今年の僕があらためて、もっとよくなるようにする。来年の僕はきっと腕を上げているだろうから、もっともっとよくなるようにできるだろう。それまでお客さんには申し訳ないけれど、どんどんよくなっていくピアノを見守ってもらえたらありがたい。

店に戻ったら、柳さんが出かけるところだった。

「どうした、機嫌がよさそうじゃないか」

柳さん自身も機嫌がいいみたいだ。来年の僕を待っていてほしいなどと甘いことを思ったとはさすがに口に出せず、言葉を濁す。

「僕は、お客さんに恵まれているなぁと思いました」

「お客さんにか」

ちょっと考えて、付け足した。

「あ、先輩にもです」

柳さんはちらりとこちらを見て笑った。

「べつに気を遣わなくていいよ。お客さんに恵まれたっていう考え方が外村らしいと思っただけだ」

「そうでしょうか」

「自分でどう思っているのか知らないが」

前置きをしてから放たれた柳さんのひとことが、胸にずしんときた。

「外村は特別な何かに恵まれているわけじゃない」

その通りだ。まったくその通りだった。

「お客さんとか、先輩とか、せいぜいその程度だろう」

特別に耳がいいわけでも、手先が器用なわけでも、音楽の素養があるわけでもない。何かに恵まれているわけではない。何も持っていない。ただ、あの黒くて大きな楽器に魅せられてここにいる。

「つまり、外村の実力だよ」

「えっ」

聞き返すと、柳さんはにやりと笑った。

「お客さんに恵まれたわけじゃなくてさ、それが実力なんだよ」

とっさに何も返せずに、出かけていく柳さんの背中を見送った。

つくづくありがたかった。柳さんのやさしさはいつも僕を勇気づける。でも、ほかならぬ僕こそが、僕の実力を知っている。

「調律って、どうすればうまくなるんでしょう」

ひとりごとだった。席に戻りながら、思わず口に出ていたらしい。

「まず、一万時間だって」

その声にふりむくと、北川さんが僕を見ていた。

「どんなことでも一万時間かければ形になるらしいから。悩むなら、一万時間かけてから悩めばいいの」

一万時間というのがどれくらいの日数になるのかぼんやり計算する。

「だいたい五、六年って感じじゃない？」

北川さんは自分の席から電卓を掲げてみせている。

「一日じゅう調律だけしていられるわけじゃないし、休日もあるし。まあ、柳くんだと、ぱっと見、超えてる感じかな」

一万時間が長いのか短いのかわからない。でも、そこを越えていくしかない。

「一万時間」

口に出したら、向かいの席で事務仕事をしている秋野さんがこちらに胡散《うさん》臭げな視線を投げてから、またすぐに戻した。

「秋野さん」

呼んでも返事がない。

「秋野さん、また調律を見学させてもらえませんか」

秋野さんは、ゆっくりと左耳だけ耳栓を外した。

「僕の調律を見るより、板鳥さんのを見せてもらったらいいよ」

目を伏せたまま、淡々と言う。

「それもありがたいんですが、僕は」

言いかけて淀む。秋野さんに対して失礼なことを言おうとしているのではないか。

「僕は、コンサートチューナーを目指すのではなく、家庭のピアノをきちんと調律できるようになりたいです」

「うん、そうだね。まずはそこからだね」

軽くうなずいてから、声を落とした。

「でも、それでいいの？　あの子はそのうちにコンサートで弾くようになるんじゃないの？」

あの子というのが和音のことだとわかるまでに三秒くらいかかった。和音はそのうちにコンサートで弾くようになる。――秋野さんの口から自然に出てきた台詞に驚いている。耳のいい秋野さんに和音が認められたことがうれしかった。

「板鳥さんは一般家庭の調律もやってるじゃない。それがまた、すごいんだよね」

「どうすごいんでしょうか」

尋ねると、

「それを確かめに行くんじゃないの」

秋野さんはあきれたみたいに言った。

「生まれ変わるんだよ」

「誰がですか」

「ピアノがまったく別物に生まれ変わる」

そう言った瞬間、秋野さんはとても変な顔をした。まるで、これから話すことの意味が自分でもわかっていないかのように。

「板鳥さんに調律してもらうと、今までのピアノはなんだったんだろうって思うよ。信じられないくらい、いい音を出すようになる。急にピアノがうまくなったような気がするんだ」

なんてしあわせな、と思った。なんてしあわせなピアノ。そのピアノを弾く人も、そんなふうによろこんでもらえる調律師も、なんてしあわせなんだろう。

「外村くん、ピアノのタッチって、わかる？　鍵盤の軽さや重さみたいに思ってない？ほんとうはそんな単純なものじゃない。鍵盤を指で叩くと、連動してハンマーが弦を打つ。その感触のことなんだよね。ピアニストは鍵盤を鳴らすんじゃない。弦を鳴らすんだ。自分の指先がハンマーにつながっていて、それが弦を鳴らすのを直《じか》に感じながら弾くことができる。その感じが、板鳥さんのタッチだ」

「すごいですね。ピアノを弾く人ならみんな板鳥さんに調律を頼みたくなるでしょうね」

僕の感嘆を秋野さんは無視した。

「怖ろしいピアノだよ。ピアノがいろんなことを教えてくれるようになる」

怖ろしいというのは、素晴らしいピアノを言い表す秋野さん独特の表現だろうと解釈する。

「いろんなことって、たとえばどんなことを教えてくれるんでしょうか」

率直な質問だったけれど、秋野さんはしばらく目を伏せた。

「そのピアノで弾くとね、ピアニストが思っていることが全部音色に出るんだ。逆に言えば、ピアニストの中にない音は弾けない。ピアニストの技量がはっきりと出るってこと」

いつになく真剣な秋野さんを僕は見た。

「ずいぶん詳しくご存じなんですね」

「そうだよ」

短くうなずいて、怒ったような目を上げた。

「僕は昔、板鳥さんに調律をしてもらっていたんだから」

それだけ言うと、秋野さんは外していた耳栓を左耳に差した。もう話す気はないということだ。

怖ろしいと表した板鳥さんの調律。それはきっとほんとうに怖ろしいピアノだったのだろう。いろんなことを教えてくれたのだろう、知りたいとは思っていなかったことまですべて露にして。

秋野さんがピアニストをあきらめたのは、板鳥さんの調律したピアノのせいだったのかもしれない。板鳥さんがわざとそうしたのだと秋野さんは感じたのではないか。

僕が憧れたり目標にしたりしているのとはまた違う気持ちで、秋野さんは板鳥さんを見ているのだという気がした。


事務所の机で、チューニングハンマーを磨く。次に調律に行く予定の時間まで、少し空いていた。

「どうぞ」

北川さんがお茶を机に置いてくれる。

「すみません、ありがとうございます」

「いいの、下に来たお客さんにお茶を出したらコーヒーがいいんだって。せっかくおいしい緑茶淹れたのにさ。コーヒーのほうはインスタントなのにね」

道理で来客用の湯呑みだと思った。

「いただきます」

ハンマーを磨いていたクロスを畳んで脇へ置くのをじっと見ていた北川さんが、

「外村くんの調律道具はいつもほんとうに使いやすそうよねえ」

お盆を抱えたまま感心したように言う。

「二年になるんだっけ」

「はい」

ここへ来て、もうすぐ三年目に入る。もっとも、このチューニングハンマーは板鳥さんにもらった年季の入ったものだ。

「外村くんが来たとき、生まれも育ちも山だって聞いて、ああそうかって思ったの。無私無欲で、無味無臭で、裏表がなくて、良くも悪くも陰がないみたいな、かといってぱっと明るいわけでもなくて。ここで調律師としてどんなふうに仕事をしていくのかイメージが湧かなかった。こだわりがなさそうに見えたから」

こだわりがないというのは、当たっている。僕も、高校で初めて町へ出たとき、自分がそれまで何に対しても特にこだわりがなかったことに気がついた。同じ歳のはずの同級生たちはいろいろなことを知っていて、それぞれにこだわりを持っているらしい。自分だけがつるんとしている感じがした。山にいると、手に入れられる情報にも知識にも限度がある。生活するのに町よりも手間暇がかかるから、些細なことにいちいちこだわっていられないという部分もあるかもしれない。

今も、そう変わらない。ピアノの音に関すること以外は、特にこだわりはない。

「でもさ、外村くん、いまだに朝みんなの机を拭いてくれるじゃない？　しかも、ざっと拭くんじゃなく、きちんときれいに拭いてる。なんか、私、よくわからないけど、山の中で暮らしてたって、そういうことなのかなって。適当にしてたら、危ないんでしょ。きっちり防寒しないと凍死するとか、生活の始末をきちんとつけていかないと野生の動物に襲われるとか」

「いえ、さすがにそこまでは」

「ほら、外村くんのチューニングハンマー、いつもよく磨かれてるじゃない。ああいうの、ほんとうに道具を大事に手入れしておかないと、いざというときに使えなくて命にかかわるのを身に沁みて知ってるんだろうなあって」

「困ってるよ」

笑いをこらえたような声がしてそちらを見ると、秋野さんだった。ハンカチで手を拭きながら、自分の席へ戻った。

「北川さん、変。ほめ方、変。外村くん、明らかに困ってるよ」

北川さんはちょっと唇を尖らせてみせて、それから声を落とした。

「外村くん、見てる人は見てるってこと。気にしないことよ」

そう言うと、お盆を持って戻っていった。

「なに？　何を気にするなって？」

秋野さんがおもしろそうに尋ねる。気にするなとなぐさめられるようなことは、僕に限って言えば、だいたい決まっているだろう。

「もしかして、また、担当替え？」

力なくうなずいた。特に失敗をしたつもりはないのだが、またお客さんから担当を替えてほしいと言われてしまった。

「どうすればいいか、わからなかったんです」

躊躇しつつ、昨日調律に行った家のことを話す。

「調律が終わって試しに弾いた後、絶対にこの音でいいのか、と聞かれたんです」

もうすぐ小学校に上がる孫がピアノを始めるのに合わせて、長く放置されていたピアノを調律することにしたという。あまり状態はよくなかったけれど、中を清掃し、調律し、音を整えた。

「お孫さんには絶対にいい音の出るピアノで情操教育をしたいとのことでした」

ふん、と秋野さんは小さく鼻を鳴らした。

「絶対にいい音かと聞かれて、はいとは言えませんでした」

絶対にいい音など存在しない。絶対という音はない。でも、はい、と言ってもよかった。言えなかったのは、これが絶対にいい音なのだと情操教育を施される孫の気持ちを考えてしまったからだ。

「ふーん、ばかだね、外村くん」

秋野さんがうれしそうに言う。

「そこは、はい、でいいんじゃない。いい音じゃないのかもって疑心暗鬼でピアノを弾くの、嫌だと思うよ」

「そうですね」

いったんうなずきかけて、でも、と首を振る。

「いい音だなあって自分で思えたらいいんじゃないですか。人に絶対かどうか決めてもらうのはどうかなって」

ふ。秋野さんはまた小さく笑った。

「めんどくさいよ、外村くんって」

「ああ」

めんどくさいのか。だから担当を替えられてしまうのか。

たしかに、絶対にいい音だと断言してほしいときがあるのかもしれない。

山で暮らしていた頃、集落の診療所に医者が来るのは月曜と木曜だけだった。その医者は、風邪を風邪だと診断してくれた。これくらい絶対にだいじょうぶだとか、それは絶対に駄目だとか、はっきり言ってくれた。山を出てから何度かかかった病院では、そうは言わなかった。病名ひとつ診断するにも、その疑いが強いが断定はできない、としか答えてくれなかった。

　どちらが誠実な態度かといえば、あらゆる可能性を否定しない町の病院のほうかもしれない。だけど、風邪のようではあるけれども様子を見て悪化するようだったらまた来てくださいなどと言われても、山なら次の診察まで二日か三日開くのだ。その間不安を抱えているよりは、多少強引であっても風邪だと言ってほしい気持ちはあった。断定しないのは、ほんとうに患者のためなのか、医者側の責任逃れなのか、疑いたくなった。その気持ちを、思い出したのだ。

「それで、なんて答えたの」

「絶対に、という言葉を使うなら、絶対にこの音がいいと僕は思っています、と答えました」

　ふーん、と渋い相槌のような、ため息にも聞こえる声が漏れた。

「間違いではない。嘘もついていない」

　秋野さんが首を傾げて言う。

「できるだけ誠実に答えようとすれば、そういう答えになるかもね。でも、それじゃただの主観に聞こえるよ」

　そもそも信頼関係がなければ、主観であろうと客観であろうと相手には通じないだろう。その信頼関係をどうやって結べばいいのか、僕にはそこがよくわからない。

「言葉で説明しなくても、いい音に調律できていればいいんじゃない」

秋野さんは事もなげに言う。

「絶対かどうかは別にして、とにかく、美しい音をつくればいいだけなんだ」

正論だ。だけど、その美しい音をどうしたらつくれるのかわからなくて迷っている。

「ギリシア時代にはさ」

人差し指の上でボールペンを回しながら、秋野さんが言う。

「学問といえば、天文学と音楽だったんだって。つまり、天文学と音楽を研究すれば、世界が解明できるってこと。そう信じられてたんだ」

「はあ」

「音楽は、根源なんだよ、外村くん」

ギリシア時代には、天文学と音楽で世界が成り立っていたのだろうか。それはずいぶん美しい世界に思えるけれど、ギリシア時代の人って実際は闘ってばかりいた印象がある。

「星座の数、いくつあるか知ってる?」

「いいえ」

首を振ると、秋野さんはちょっと得意そうな笑みを浮かべた。

「八十八なんだな、これが」

そういえば、小学生の頃、理科の授業で星座について習ったとき、不思議に思ったものだ。大きく見える星と星を結んで、形をつくって、名前をつける。でも、その星と星の間にも、細かい砂のような星がざぁっと広がって光っている。僕たちはそれをちゃんと肉眼で見ることができた。それらを無視して、無理やり形をつくることはできない。無数の砂粒から八十八しか星座がつくれないなんて、ずいぶん乱暴な話じゃないか。

そう思いながらも、少しわかる。天文学と音楽が世界の基礎だという説にうなずこうとしている。無数の星々の間からいくつかを抽出して星座とする。調律も似ている。世界に溶けている美しいものを掬い取る。その美しさをできるだけ損なわないようそっと取り出して、よく見えるようにする。
ド、レ、ミ、ファ、ソ、ラ、シ、七つの音が──正確には半音も入るから十二の音だが──抽出され、名前をつけられて、星座のように輝いている。それを膨大な音の海の中から正確に拾い上げ、美しく揃え、響かせるのが調律師の仕事だ。
「ねえ、外村くん、聞いてる?」

秋野さんがあきれたように頰杖をついて、机越しにこちらを見ていた。

「星座の数。八十八って、ピアノの鍵盤の数と同じなんだよ」

「ああ」

「ギリシア時代の学問の双璧、天文学と音楽の名残だね」

「ちょっと、秋野さん」

見かねたように北川さんが割って入る。

「でたらめ言わないでくださいよ、外村くんは信じちゃいますよ」

でたらめ？　見ると、秋野さんが目を逸らし、首を竦めるところだった。

どこからでたらめだったんだろう。ピアノの歴史は専門学校で習った。ピアノの元になった楽器は、チェンバロだ。鍵盤は八十八ではない。だいたい、ギリシア時代にはチェンバロの原型さえない。今から二百年ほど前、ちょうどベートーヴェンの頃にチェンバロからピアノに切り替わっていったらしい。それでもまだ六十八鍵だったり、七十三鍵だったりした。ベートーヴェンの「月光」の楽譜には、「チェンバロか、ピアノのために」という表記があったそうだ。第一楽章はチェンバロのために作曲されたようだが、第二楽章は、チェンバロで弾くには無理があるらしい。どうやら第一楽章と第二楽章の間に、ベートーヴェンが使っていたメインの楽器がチェンバロからピアノになったのではないかと言われている。つまり、その頃、鍵盤の数はようやく八十八になったということだ。

星座の数はほんとうに八十八だろうか。いや、天文学と音楽が最初の学問だったというところから、すでにでたらめだったのか。真相はわからなかったけれど、僕は手帳を開く。星座の数、鍵盤の数。八十八、と書き込んだところで、机の向こうから身を乗り出している秋野さんに気がついた。

「へえ、まだちゃんとノート取ってるんだ」

感心したように覗き込まれ、急いで手帳を閉じる。

「あ、すみません」

恥ずかしかった。三年目になろうとしているのに、いまだにこんな初歩的なことを記録しているのは、いかにも素人だ。

「いいんじゃないの」

秋野さんは淡々と言った。

「ノートを取るくらい素直だったら、って思うことがあるよ。仕事を始めてすぐに大事なことをいっぱい見聞きするんだ。それをメモしておけば、もっと早くコツをつかめたかもしれないのに。手間を惜しんだってより、勘違いしてたんだな。技術は身につけるものだから、身体で覚えるだろうと思って」

閉じた手帳のほうを見ながら続ける。

「幻想。耳が覚えるだろう、指が学ぶだろう、なんてのは幻想。ここだよ、覚えるのは」

そう言って、秋野さんは人差し指で自分の頭を指してみせた。

僕だけじゃなかったんだ。技術は身体で覚えるものだと思い込んでいた。いつまで経っても身につかないのは、身体が音楽的ではないせいなのかと半分あきらめの気持ちだった。落胆する間も惜しくて、メモを取り続けた。

でも、これがけっこう難しい。調律の感覚を言葉で書き表すのは至難の技だ。的確なメモを取れるようになったら、相当腕も上がっているように思う。

「書きとめるだけじゃ、駄目だ。覚えようとしなきゃ、無理だよ。歴史の年号を覚えるみたいにさ。あるときふっと流れが見えてくる」

秋野さんは言った。もちろん、言葉で調律のすべてを書き表すことなどできない。百分の一も、千分の一もできない。わかっているから言葉には頼らない。だけど、調律の技術を言葉に換える作業は、流れていってしまう音楽をつなぎとめておくことだ。自分の身につけようとしている技術を、虫ピンで身体にひとつひとつ刺していくことだと思う。

「あれ、みんな揃ってどうしたの」

陽気に入ってきたのは柳さんだ。

「べつにどうもしてないよ。いい天気だなって話してたんだ」

秋野さんがそっけなく言い、

「ああ、ほんといい天気だ」

柳さんは答えた。

「土砂降りで、調律が一発で狂いそうないい天気——あ」

あ、に反応してみんなが柳さんを見た。

「そうだった、お知らせがあるんだった」

柳さんは小さくひとつ咳払いをした。

「えーと、近々結婚します」

「ほんと？　今度こそ？」

「ええ、今度こそです」

にこにこ笑っている。結婚する、する、と言ってずいぶん時間がかかっていた。抱えている大きな仕事が一段落するまでは、と待たされていたらしい。濱野さんは翻訳の仕事をしているそうだから、晴れて本が出版されることになったのかもしれない。

「おめでとう」

「おめでとうございます」

「ありがとう、ありがとう」

柳さんは満面の笑みを浮かべ、よろこびを隠そうともしなかった。

結婚がそんなにいいものかどうかは知らないけれど、こんなにうれしそうな柳さんを見るのはいいものだ。おしあわせに、という言葉を思いつけなくて、おめでとうの後はただただ黙って柳さんを見ていた。

調律道具を持って外へ出る。頬を切るように冷たかった風が、和らいでいる。空の青さも少し薄らいでいる。もうすぐ春が来る。

駐車場に出たら、柳さんが帰ってきたところだった。

「そろそろタイヤ替えるかなあ」

「まだ何回か降るでしょう」

「だよなあ」

柳さんは空を見上げ、

「そうだ」

不意に僕を見た。そうして、手招きして店の通用口から中へ入った。

「五月の二週目の日曜日、空けといて」

「はい」

「その日、結婚式の後にレストランで結婚披露パーティーを開くことになったんだ」

「おめでとうございます」

「ああ、ありがと」

ちょっと照れくさそうだ。

「結婚式って初めてです」

「そうか、外村は若いから、まだまわりが誰も結婚してないんだな。ま、式じゃなくて披露パーティーだけど」

この先何年経ったとしても、結婚披露パーティーに僕を呼んでくれそうな人は思いつかない。僕を呼んでくれるのは、きっと弟ぐらいのものだろう。

「それでさ、今、ちょっといい？」

うなずいて、重い鞄を床に置く。早めに出たので時間はあった。

「パーティーで何かやりたいなと思って」

「はい」

「バンドの仲間も呼ぶから、そっちを考えなくてもなかったんだけど、さすがに結婚披露パーティーでパンクもないだろうと。で、ピアノを頼むことにした」

「いいですね」

「ピアノのあるレストランをいくつか探したんだ。いいピアノがあるが料理は普通な店と、料理はとびきりうまいがピアノが普通の店、さて、どちらを選ぶ？」

「いいピアノの店」

「だよなあ」

柳さんは調律道具の入った鞄に目を落とす。

「けど、あいつが、迷わず料理のおいしいほうを取る、って」

「ああ」

ちょっと意外な気がした。濱野さんならピアノを選びそうだ。

「料理はお任せするしかないけど、ピアノはヤナギがなんとかできるじゃない、って」

「へえ」

「へえじゃないよ、新郎は何かと忙しいんだ。そりゃ、新郎じゃなけりゃ腕によりをかけてがんばったろうよ。だけど、曲がりなりにも忙しい。うん。そこでだ」

柳さんは真正面から僕を見た。

「いいピアニストを頼んだ」

「それはいいですね」

「仕事柄、耳のいいお客さんも来るだろう。耳がよくなくても、ピアノを聴いたことがなくても、いいピアノを聴きながら食事をするのは、めでたい席にぴったりだ」

うれしそうなので、僕までうれしくなる。

「調律は外村に頼もうと思うんだ」

思いがけない言葉に、声が裏返った。

「えっ、いいえ、それなら誰かほかに」

秋野さんでもいい、もちろん板鳥さんなら申し分ないだろう。

「いいのか、それで」

いいです、と答えようとして、仕事ではないのだからこういう場合は後輩の僕が引き受けるべきだろうか、と一瞬思う。それでも、晴れの日だ。僕より腕のいい人が調律するほうがいいと思った。

「ピアノ、和音ちゃんだよ」

「えっ」

驚いたけれど、たしかに名案だ。和音の弾くピアノを聴きながら会食なんて、どんなに気持ちのいいパーティーになるだろう。

「調律したくなったろう」

柳さんがにやにやするのを、

「いえ、やっぱり――」

尚のこと僕よりうまい人が調律するほうがいい、と言おうとして、思いがけない感情が湧き上がってくるのを抑えきれなかった。

「できます」

宣言していた。自分でもびっくりするほどきっぱりとした声が出た。

「僕にやらせてください」

頭を下げると、柳さんは楽しそうにうなずいた。

夕方、事務所に戻ると、机に伝言メモが貼ってあった。

「明日の木村さん、キャンセル」

キャンセル？　嫌な予感がした。電話を受けてくれたらしい北川さんのところへ行って、確かめる。

「これ、延期じゃなくてキャンセルなんですか」

「うん」

北川さんは気まずそうな顔をしている。

「もしかして、また担当替えでしょうか」

「ううん」

ますます気まずそうになったのを見て、確信した。

「もう、うちには調律を頼まないってことですか」

「そこまでは言ってなかったけど」

「申し訳ありません」

頭を下げると、事務所中の注目が集まったのを感じた。

「外村くんが謝ることないよ。外村くんが嫌でうちから替えるって言ったわけじゃないの。単にもうピアノを弾かなくなったってことかもしれないし」

それだったら、ちゃんとそう言うだろう。

「なんにせよ、外村くんのせいじゃないから。今はどこも厳しいの。趣味で弾くピアノを毎年調律する余裕のある家なんて、あんまりないのよ」

まるでほんとうに僕のせいではないみたいに言う。そんなことはない。少なくとも、僕の調律を気に入っていたら、キャンセルはしなかったはずだ。

なるべく顔に出さないよう気をつけて、席へ戻る。でも、ため息が漏れそうだった。やっぱり、そんなに駄目なのか。ふと目を上げると、秋野さんがすっと目を逸らした。

「調律師に一番必要なものって何だと思いますか」

思い切って聞いた。秋野さんは目を逸らしたまま、

「チューニングハンマー」

「いや、そういうことじゃなくて」

追いすがると、横から声がした。

「根気」

柳さんだった。

「それから、度胸」

秋野さんもぽつりと答えた。

「あきらめ」

口々に、思い思いの回答が出る。才能とか、素質とか、聞きたくなかった答えが出ないことが、今の僕には泣きたいほどありがたい。

「根気はわかるような気がするわ」

北川さんが笑う。

度胸もわかる。自分の腕次第でピアノが変わってしまう。度胸の持ち合わせがなければ、とてもやっていけないだろう。

「で、あきらめって、なんですか」

揃って秋野さんを見る。

「やだなあ、なんか誤解してるんじゃないの」

秋野さんは渋い顔をした。

「どれだけやっても、完璧には届かないよ。どこかで踏ん切りをつけて、これでおしまい、仕上げ、ってあきらめをつけなきゃ、ってこと」

「あきらめなかったら、どうなるんです?」

僕も聞きたかったことを柳さんが聞いてくれる。

「いつまでもあきらめられなかったら、いつか気が狂うんじゃない」

秋野さんはさらりと答えた。みんなが黙っているのは、同意のしるしだろうか。完璧を追い求めて、いつまでもあきらめられなかったら、気が狂ってしまう。一瞬でも、その危険を感じたことがあるのだろうか。

「前にもこんな話が出たじゃないか」

柳さんが言う。

「どうして外村は担当を替えられたりキャンセルされたりするんだろうって」

「外村くんに大きな落ち度があるようには思えないのよね。それで、一万時間なんて数字を持ち出したんだけど」

「一万時間説なんて、誰も真に受けちゃいないよ」

やはり、そうなのか。僕が若いせいで信頼されないという説はなぐさめだったのか。

「一万時間を越えなくたって、できるやつはできる。一万時間を越えても、できないやつはやっぱりできないんだよなあ」

「そんな、身も蓋もないことを」

柳さんが天井を仰ぐ。

「口にしないだけで、みんなわかってるよ。だけどさ、才能とか、素質とか、考えないよな。考えたってしかたがないんだから」

ひと呼吸置いて、秋野さんは続けた。

「ただ、やるだけ」

ぞくっとした。秋野さんでさえ、そうなのか。

「才能がなくたって生きていけるんだよ。だけど、どこかで信じてるんだ。一万時間を越えても見えなかった何かが、二万時間をかければ見えるかもしれない。早くに見えることよりも、高く大きく見えることのほうが大事なんじゃないか」

はい、と答える声が掠れた。簡単にうなずきたくはない。ほんとうにわかったのかと聞かれれば、自信はない。だけど、真実だと思う。才能があるから生きていくんじゃない。そんなもの、あったって、なくたって、生きていくんだ。あるのかないのかわからない、そんなものにふりまわされるのはごめんだ。もっと確かなものを、この手で探り当てていくしかない。

「ただいま戻りました」

律義な声がして、ちょうど事務所に板鳥さんが帰ってきた。僕が口を開く前に、柳さんが聞いた。

「板鳥さん、調律師にとって一番大事なものって何だと思いますか」

板鳥さんは調律鞄を床に置きながら、穏やかな声で答えた。

「お客さん、でしょう」

コンサートホールでの、無色になった板鳥さんの音色が耳の奥によみがえる。あのときの巨匠の演奏は板鳥さんのつくった音色に支えられていた。でも、その音色を、ピアノから、板鳥さんから引き出したのは、ピアニスト、つまり板鳥さんにとってはお客さんであったということなのだろう。

僕は、どうだろう。僕のお客さん——あの人の顔、この人の顔。笑ってうなずいてくれた顔、不機嫌に黙り込んでしまった顔。すぐには名前が出てこないお客さんたちの顔も次々に浮かんだ。そうだ、僕を鍛えてくれるのは、間違いなくお客さんだ。生まじめな和音の顔が浮かんだと思ったら、その顔がふわっとほころんだ。


披露パーティー会場となるレストランには、前日のうちに調律に入った。雰囲気のいい店だった。落ち着いたフロアの隅に、グランドピアノが置かれていた。

予想より、いいピアノだった。柳さんの話では、ピアノと料理を天秤にかけ、料理を優先したはずだ。これがピアノを置くようなレストランの標準装備なのだろうか。もしもこれが普通だというなら、うれしい。僕が思っていたよりもずっと多くの人がピアノを楽しんでいるということではないか。

浮き立つ気持ちを抑えてピアノの蓋を開ける。鍵盤を見た瞬間、違和感があった。腰を落とし、鍵盤に顔を近づけて見る。微妙に高さが揃っていない。コンマ五ミリ程度の浮き沈みがある。いくつか鍵盤を鳴らしてみる。やはりだ。うまく音が出てこない。

たとえるなら、縄跳びに慣れていない子供が、縄をぶうんぶうんと無駄に大まわししているような音だ。三回も跳べば尻餅をついてしまうような鍵盤の重さ。和音が弾くところを想像する。和音はこのピアノの前にすわって、きっと一所懸命弾くだろう。制服姿の和音が浮かぶ。いや、結婚披露パーティーに制服で来るだろうか。きっと違う、と思うが、制服以外の和音の姿が思い浮かばない。とりあえず、制服姿で弾いているところを想像する。姿勢よく、静かに鍵盤に指を乗せる。ピアノが、鳴る。その瞬間をイメージする。清冽な泉のような音が耳に流れ出す。

目の前のピアノを鳴らす。違う。和音のピアノじゃない。これを和音に弾かせたくない。和音が弾いている設定で、調律を始める。

大屋根を開け、突上棒で支える。チューニングピンが整然と並んだところは、いつ見ても心を打たれる。まるで、森だ。一秒間に何千メートルも音が走るスプルースの響板。ここに、和音の音をつくる。森に分け入る和音が歩きやすいように、下草を丁寧に整えるように。

まずは、鍵盤の高さの調節からだ。鍵盤の奥につながるクッションが摩耗してしまっている。ここに、ごく薄い紙を敷いて高さを調節する。もともと鍵盤の可動範囲は十ミリしかない。〇・五ミリでも違っていたら、弾きにくくてたまらないだろう。

高さの次は、深さだ。ひとつずつ叩いて、ハンマーが弦に当たる位置を確かめる。

そうしてやっと調律に入る。前に、柳さんと話したことがあった。目を瞑って音を決めろ、と。あれは比喩ではなかったのだと思う。目を瞑り、耳を澄ませ、音のイメージが湧いてきたのをしっかりつかまえて、チューニングピンをまわす。

　ピアノの前にいる間は、時の流れの外にいる。神経が張り詰めているせいか、疲れも感じない。ひととおり調律を終えて気がつくと、四時間近くが経っていた。ピアノはだいぶよくなったと思う。縄跳びだとしたら、二重跳びも軽くいける感じだ。トントントン、リズミカルに縄がまわって、いくらでも跳んでいられそうな柔軟な音になった。

　和音のリハーサルは、当日の朝まだ早いうちに設定した。万一何か不具合があったときに手直しする余裕があるようにだ。こちらの都合なのに、和音も、お店も、快く受けてくれた。

「できるだけ早く慣れておきたかったので、ありがたいです」

　和音は言った。

「家のピアノも、学校のピアノも、発表会やコンクールのピアノも、それぞれ個性があって全部違うんですよね」

　布製の手提げから楽譜を取り出しながら言う。和音の隣で由仁がうなずく。

「家のピアノが一番弾きやすいって思ってたけど、発表会のとき、ホールのピアノがあんまりいい音するんでびっくりした」

　それはきっと板鳥さんの調律したピアノだ。なぜか確信を持つ。

「うん、いい音だし、弾きやすいし。でも、由仁はどこでだってどんどん弾けたじゃない」

　和音に指摘されて由仁が笑う。

「どんどん弾けたように見えただけだよ。和音の願望がそういうふうに見せてただけ」

　驚いた顔をしている和音に、由仁は畳みかけた。

「和音、自分にはできないけど、由仁ならできる、って思ってたでしょ」

　和音が答えられずにいるうちに、椅子にすわり、ピアノの蓋を開ける。迷いなく、鍵盤をポーンと叩く。

　そのときのふたごの様子を僕は忘れないだろう。ふたりは、思わず、といった感じで顔を見合わせた。

「いい音」

　ふりむいた由仁は目を輝かせていた。

　和音もうなずく。

「いい音だね」

　笑顔だ。よかった。ほっとした。僕にはふたりがわからない。ピアノを弾けなくなった由仁が、ピアノの前にすわって鍵盤を叩くことにびくびくする。和音に対して投げる言葉にはらはらしてしまう。由仁が、和音が、今どういう気持ちでいるのか、読み取ることができない。

「和音にもできるよ」

由仁の声は明るかった。

「和音はどこでだってどんどん弾けるんだよ」

由仁が立ち上がって、和音に席を譲る。ふたごの入れ替わりはごく自然だった。和音が譜面台に楽譜を載せ、椅子にすわる。それから、由仁がやったのと同じように、指一本で鍵盤を叩いた。それは基準音となるラのはずだったのだけど、音の伸びる方向にすうっと景色が開けるのが見えた。銀色に澄んだ森に、道が伸びていくような音。そのずっと奥で、若いエゾシカが跳ねるのが見えた気がした。

「透きとおった、水しぶきみたいな音でしたね」

由仁がうれしそうに僕を見上げる。うなずきながらも、人によって音に呼び覚まされるイメージは違うのだとあらためて思う。

「この音を基準にして、全体の音色をつくったつもりです」

僕が言うと、和音はうなずいた。

一度両手を膝の上に戻した後、ゆっくりと曲を弾きはじめる。あまりにも自然に始まったので、身構える暇もなかった。その辺に漂っていた音楽をそっとつかまえて、ピアノで取り出してみせているみたいだ。どこにも無理のない、自然な手の動き。和音が弾くと、何もかもが自然に見える。ピアノって、音楽って、ほんとうは自然そのものなんじゃないか。

ゆっくり始まって、中盤からはころころころと明るい玉が転がるみたいな小気味よい曲だった。音は伸びている。濁りもない。いくつかの音が混じったときのバランスも取れている。――ひとつひとつ確認していることに気づく。そうか、調律師としてかかわる以上、目の前で和音がピアノを弾いていても、それを純粋に楽しむことはできないんだな、と思った。

「家で練習してたときとぜんぜん違う」

由仁が声を弾ませる。

「ああ、こんなことができるんだ。こんなふうに変わるんだ」

頰を紅潮させて僕をふりかえる。

「すごいです、外村さん、私も早く調律の勉強をしたいです、外村さんの見習いになりたいです」

「えっ」

調子外れの声が出た。この子はとんでもない見当違いをしている。

「すごいのは僕じゃなくて、和音さんです」

最初の試し弾きで音色を確かめて、もう自分のものにしている。由仁の言うように、ピアノに合わせて弾き方を変えているのだろう。

「ううん、このピアノの音色が和音を引っ張ってます。和音がそれに乗って、楽しそうに、見たこともない音を出してるんです」

そのとき、レストランのスタッフのひとりがホールに現れた。

「会場の準備をさせてもらっていいですか。ピアノは弾いていてくださってかまいませんが」

「はい、お願いします」

早めの時間に来ていてよかった。とりあえず、一曲だけでも落ち着いて音色を確かめながら弾けたのはよかった。

スタッフが何人も現れて、テーブルの位置を変えはじめた。和音は動じず、気にするふうもなく、弾いている。

「柳さんからは、選曲も任されたんですよ」

由仁が耳打ちしてくれた。

「結婚披露パーティーにふさわしい曲って何だろう、ってふたりでけっこう考えました」

「うまくいってると思います」

僕が答えると、由仁もうなずいた。二曲目もバロック調の、明るくてやわらかい曲だ。

発表会でもコンクールでもない。柳さんの結婚披露パーティーに華を添えるピアノだ。やさしい、感じのいい曲はぴったりだと思う。試し弾き、だいじょうぶだな、と思ったすぐ後だった。あれ、と思った。ピアノを見、それから和音を見た。穏やかな表情で弾き続けている。その向こうで、スタッフがテーブルに掛ける淡いピンクのクロスを広げているところだった。ピアノも、和音も、さっきと変わったところはない。だけど、気になった。少し音が変わった。くぐもって、キレがないように感じる。

「ちょっと、すみません」

後ろから声をかけられてふりむくと、別のスタッフがクロスを抱えて僕の脇を通り過ぎようとしていた。ピアノから少し離れたところへ立つ。だんだん慌ただしくなってきた。和音は変わらず弾いているように見える。でも、何かが違う。

忙しくなってきたお店に遠慮しているのだろうか。音が伸びていかない。細かな音の粒がここへ届く前にぽろぽろこぼれて床に散らばっていってしまう感じだった。

和音の様子を見ようとピアノに近づいて、足を止めた。和音の弾き方が変わったんじゃない。ピアノの音が変わったんだ。同じように弾いているのに、弾まない。届かない。しかも、ピアノに近づくにつれて、また音が変わる。

「ごめん、ちょっと」

曲が終わったときに声をかけると、和音は手を揃えて膝に置いたまま顔をこちらに向けた。

「最初と弾き方変えましたか」

確認すると、首を横に振った。

「音が変わった感じ、しますか」

和音は小さくうなずいた。

「急に、歌えなくなりました」

そうして、首を伸ばしたので、つられて和音の視線の先をふりかえる。ホールの奥に、由仁がいた。由仁は右手で天井を指差している。僕が天井を見上げるのと同時に、和音がピアノを弾きはじめた。一曲目に弾いた曲だ。由仁は天井を指したんじゃなく、一曲目をもう一度、と指示したのだったらしい。明るくて、やさしい、軽やかな曲。

やはり、冴えない感じだった。和音のほうを見たままピアノの側を離れ、一番前のテーブルまで少しずつ下がる。スタッフの間を縫い、さらに隣のテーブルへ、その隣へ。動くスタッフにぶつかり、広げられたクロスに吸収され、音はさまよう。攪乱される。それが、肌で感じられるようだった。ふたごの部屋で、分厚い布地のカーテンに音が遮られるのをもったいないと感じたことを唐突に思い出す。

迂闊だった。環境をほとんど考慮していなかった。家庭のピアノしか触ったことのない未熟さが出た。後悔している場合ではない。反省している暇もない。音をつくり直さなくては。いや、つくり直すのはもう無理だ。テーブルクロスがかかり、これからたくさんのお客さんで埋まり、それぞれが音を反射させたり吸収したりする。料理を運ぶための人の出入りも途絶えることはないだろう。ナイフとフォークがお皿にあたってカチャカチャ鳴る音、新郎と新婦の思い出をささやく声、それらを全部あるものとして音を調整しなければならなかった。

間に合うか。間に合わせなければならない。

「和音さん、ごめん。少し調整させてもらいたいんだ」

和音は神妙な顔でうなずいた。

「和音なら、だいじょうぶです。どこでだってどんどん弾けますから」

由仁はそう言って、いたずらっぽく笑った。ふたりに気を遣わせてしまう自分が不甲斐ない。

「申し訳ないです」

頭を下げたら、前にもこのふたりの前で頭を下げたことを思い出した。駆け出しの頃に、ひとりで調律できると思って手を出したのにできなかったこと。あの頃から、何も変わっていない。ただ増えたのは、少しの技術と、少しの経験、あとは絶対になんとかしようという覚悟だけだ。

「少し時間がかかるかもしれないので、どこかで休んでいてください」

もう一度、頭を下げる。どれくらい時間がかかるのか、それ以前に、時間をかけさえすれば調整できるのか、はっきりした見通しはなかった。

「外村さん」

由仁が明るい声を出す。

「だいじょうぶ、私、向こうにすわってますから、そこまで運んでください」

運ぶ、という意味が飲み込めず怪訝そうな顔をしていたのだろう。由仁は奥のほうの席まで歩きながら言い直した。

「えっと、ここまで音を走らせればいいんだと思うんです。今の、そのままの音で。あれ、走らせるも違うのかな、えっと、ここに音を飛ばせばいいんです！」

一所懸命言葉を探している由仁に、思わず笑みがこぼれる。

「ありがとう」

運ぶ、走らせる、飛ばす。由仁が言葉で表現しようとしている状態は、わかる。どうすればその状態を実現できるのか、そこが肝だ。

そのままの音を、運び、走らせ、飛ばせばいい。――頭の中でイメージする。ぼんやりしていた言葉が、形になる。照らす。高く上げて、照らし出せばいい。星座だ。今夜見えるとしたら、こぐま座。おおぐま座。しし座。どこで見てもそれらは同じ形で空に輝いている。

「明るく静かに澄んで懐かしい文体」

小さな声で口にしながら、黒いピアノの前に立つ。

「少しは甘えているようでありながら、きびしく深いものを湛えている文体」

僕の星座だ。いつも森の上にあって、僕はそこを目指していけばいい。

「夢のように美しいが現実のようにたしかな文体」

僕にとっての星座。ここで弾く和音にも、離れたところにいる由仁にも光って届くように。ペダルの深さを調整する。和音が踏んだときに、思う通りに響くように。このフロアの隅々まで音が広がるように。それから、脚の下のキャスターの向き。いつかのコンサートで板鳥さんが向きを変えて音を調整していた。あのときは、ただ感心して見ていただけだった。でも、今はわかる。脚がすべて内側を向いている現在の重心の位置。外側に向けたときに棚板がわずかにたわんで音の広がり方が変わること。

和音の弾くピアノの音色が一番美しく響くよう、僕はカササギたちを高く飛ばした。


若草色のドレスを着た和音が、やわらかいピアノを弾きはじめる。荘厳というよりはすがすがしくて、最初は何の曲を弾き出したのかわからなかった。結婚行進曲。しあわせなふたりを親しい人たちで讃える、祝福の曲。装飾音符を、和音はゆっくりとまるで主旋律のように弾く。夢のように美しく、現実のようにたしかに。拍手の中を、新郎新婦が笑顔で入ってくる。テーブルの間を通っていくときに、照れくさそうにこちらに会釈をした。新婦の濱野さんがきらきらしている。あちこちのテーブルに会釈をしながら歩いていく。

「結婚式って、いいですね」

思わず隣の秋野さんにささやくと、

「外村くんって意外と度胸あるね」

つくり笑いみたいな笑顔で言われた。

「僕だったら、ピアニストが自分の調律したピアノを弾いてたら、本番中ずっと緊張して、そんなにこにこ話したりする余裕ないけどなあ」

言われて気づく。ぜんぜん緊張していない。たぶん和音も緊張していない。軽やかに、明るい音が続いている。コンサートとは違う。ピアノやピアニストや、まして調律師が主役ではなく、柳さんと濱野さんの結婚披露パーティーなのだ。ピアノが生まれた頃のサロンというのは、もしかしたらこんな雰囲気だったのかもしれない。

「でも、なんか楽しいです」

僕が言うと、秋野さんは一度口をへの字にしてから、

「まあね」

渋々言って、それから、ぼそっと付け足した。

「ピアノ、いいんじゃない？」

はい、と答えてから、向かいの席の由仁がにこにこしながら目に涙を溜めているのを見る。何の涙なのか、わからない。和音を見守る由仁も、由仁に見守られる和音も、その気持ちは僕にはわからない。ただ、笑って、泣いて、ピアノのまわりにいるふたごを眩しく見るだけだ。

「初めてほめてもらいました」

声に出して、隣の席を見る。秋野さんはもう素知らぬ顔をしている。

秋野さんがほめてくれたのは初めてのことだ。いいと言ったのが調律なのか、和音のピアノのことなのか、わからないけれど、どちらでもいいと思った。どちらかひとつだけがいいなんてことはないと思うから。

「和音のピアノ、いいですよね」

由仁が涙声で言う。

「祝ってる。柳さんの結婚を、おめでとう、って言ってる。そう聴こえますよね」

おめでとう、か。そうかもしれない。それよりももう少しやわらかいような気もする。ただ、やさしくて、美しくて、うっかりすると涙が出そうなくらい素直に胸に響く。

大きくうなずいて答える。

「和音さんは絶対にいいピアニストになります」

音楽を知らなくても惹かれてしまう。聴いていないつもり、耳に入っていないつもりでも、思わず顔を上げる。和音のピアノはそういうピアノだ。ごく自然にたった一音弾いただけで、よろこびも悲しみも表現することができる。派手じゃなくて、静かで、でも粒子が細かいから胸にすっと沁みてくる。そこで消えずに、いつまでも胸に残る。そうして、胸の内側のどこかをコンコンとノックしてくるのだ。

和音の奏でる音楽が、目の前に風景を連れてくる。朝露に濡れた木々の間から光が差す。葉っぱの先で水の玉が光って零れる。何度も繰り返す、朝。生まれたての瑞々しさと、凛々しさ。

ほんとうだ、祝ってる。

僕にも聴こえた。祝福の声。和音のピアノは生への祝福だと思う。

「絶対って言った」

「え」

「音に絶対はないって言っておきながら、今、和音ちゃんは絶対にいいピアニストになるって」

秋野さんがささやく。

「まぁ、僕もそう思うけど」

僕は僕の調律したピアノがいい音を出したらうれしい。でも、僕が調律するよりもっといい音をつくれる調律師がいれば、その人に任せたほうがいいと思ってきた。楽器のためにも、弾く人のためにも、聴く人のためにも。

でも、今は少し違う。僕が、和音のピアノの調律をしたい。僕が調律することで、和音のピアノをよくしたい。

誰のための調律か。僕は誰をよろこばせたかったのか。和音を、だ。和音のピアノが好きで、和音のピアノを一番活かせる音をつくったつもりだった。念頭にあったのは、依頼人である柳さんでも、聴いてくれるお客さんでもなかった。和音のピアノのことしか考えていなかった。

間違いだったと思う。ほんとうに和音のピアノのためを思うなら、弾く和音のことだけを考えるのでは足りない。お客さんのことも考えなければいけなかった。部屋の広さや天井の高さを考慮する必要があった。前の席と後ろの席、中央の席、扉の近く、どこにどれくらい人が入るか、どんなふうに音が響くか推測して、みんなに届かせなくてはいけなかった。

今までずっと家庭のピアノしか調律したことがなかった。和音のピアノの調律をしたいなら、それでは駄目だ。やっとわかった。コンサートチューナーを目指さない。そう思っていたのは、誤りだった。

「ダンパーが一斉に下りているかどうか、チェックしてみるといいですね」

穏やかな声ながら、板鳥さんがきっぱりと言った。ペダルを踏んだとき、ダンパーが一斉に上がるよう調整したが、下りるときのことは考えていなかった。

「和音さんのピアノの美点を助けてあげなくては」

「はい」

店のピアノで弾いてみせてくれた際に、和音《わおん》の響きが素晴らしかったこと。その調整を、ペダリングでしているのではないかと推測したこと。間違っていなかったのだ。

ぶるぶるっと震えが来た。武者震いってほんとうにあるみたいだ。ペダルはじゅうぶん感度よく調整したはずだった。これ以上は利きすぎて遊びがなくなってしまう。それなのに、さらに精度を上げろと言う。

「もっと和音さんを信頼してもいいですね」

「はい」

和音を信頼しているのと同時に、僕を信頼してくれているのだと感じた。

「ピアニストを育てるのも、私たち調律師の仕事です」

後で、ピアノが休憩に入った隙に、ペダルを調整してこよう。演奏の途中で調律を直すのは恥ずかしいことだと教えられてきたけれど、僕の恥などかまわない。ピアノと、和音を、できるだけ美しく響かせたいと思った。

「もしかすると」

秋野さんがつぶやいた。

「外村くんみたいな人が、たどり着くのかもしれないなあ」

外村くんみたいな人？　どういう人のことだろう。たどり着くのは、どこへだろう。

「たしかにな」

社長が同意する。

「どうして外村くんみたいな人が調律師になったのか、不思議に思っていたよ。どうして板鳥くんがあんなに推したのか」

板鳥さんは僕を推薦してくれたのか。採用は先着順で決まると言っていたはずだった。

「あの、僕みたいな人ってどういう人ですか」

「うん、なんというか、まっとうに育ってきた素直な人」

ついこの間も、北川さんに似たようなことを言われた。もちろん、ほめ言葉ではない。味のない人、おもしろみのない人、と言われている気がする。

「でも、今は思うよ、外村くんみたいな人が、根気よく、一歩一歩、羊と鋼の森を歩き続けられる人なのかもしれない」

「それはそうです」

板鳥さんが鷹揚《おうよう》にうなずく。

「外村くんは、山で暮らして、森に育ててもらったんですから」

「おいしい」

　急に北川さんが声を上げて、あ、ごめん、と下を向いた。

「このスープでしょう？　すごくおいしいですよね」

　由仁が北川さんに相槌を打つ。おかげで、せっかくの板鳥さんの言葉を反芻する余韻が残らなかった。山で暮らして、森に育ててもらった。そうだろうか。だとしたら、しみじみとうれしい。僕の中にもきっと森が育っていた。

　もしかしたら、この道で間違っていないのかもしれない。時間がかかっても、まわり道になっても、この道を行けばいい。何もないと思っていた森で、なんでもないと思っていた風景の中に、すべてがあったのだと思う。隠されていたのでさえなく、ただ見つけられなかっただけだ。

　安心してよかったのだ。僕には何もなくても、美しいものも、音楽も、もともと世界に溶けている。

「ああそういえば」

　北川さんが、口元を白いナプキンで拭う。

「外村くんのところ、牧羊が盛んなんでしょう。それで思い出した、善いっていう字は、羊から来てるんですって」

「へえ」

「美しいっていう文字も、羊から来てるって、こないだ読んだの」

少し考えながら、思い出すように話す。

「古代の中国では、羊が物事の基準だったそうなのよ。神への生贄だったんだって。善いとか美しいとか、いつも事務所のみんなが執念深く追求してるものじゃない。羊だったんだなあと思ったら、そっか、最初っからピアノの中にいたんだなって」

ああ、そうか、初めからあの黒くて艶々した大きな楽器の中に。

目をやると、ちょうど和音が新しい曲を弾きはじめるところだった。美しく、善い、祝福の歌を。

謝辞

この物語の執筆にあたり、快くお話を聞かせてくださった調律師の方々に心から感謝いたします。中でも、若い情熱と明晰な語りで調律への戸口を開いてくださった阿部都さん。素晴らしい技術と知見、名立たるピアニストたちとの数々のエピソードで、豊かな調律の世界を垣間見せてくださった狩野真さん。そして私のピアノを四十五年に渡って見守り続けてくださった上田喜久雄さんに、この場を借りてお礼申し上げます。また、作曲家の笠松泰洋さんには、あふれる音楽への愛情と深い洞察を惜しみなく分けていただきました。ほんとうにありがとうございました。

著者

解説

佐藤多佳子

昔、ピアノ調律師の出てくる短編を書いたことがある。デビュー時なので、二十五年以上前になる。ピアノの調律について、本を読んだり、家に来てもらった調律師さんや中古ピアノ店の店員さんに質問して勉強した。ピアノも、四歳から十年間習っていた。……というわけで、少しは馴染のある世界と思って読んだのだが、『羊と鋼の森』のピアノと音への探求の奥深さに驚いた。

調律の仕事の様々なシチュエーション、ピアノという楽器とその音の特性、読み進めていくにつれ、読者は本当に多くのことを知ることになる。膨大で細密な情報であるのだが、決して説明的にならずにエピソードに静かに溶け込んでいる。

本作の主人公、外村青年は、高校卒業後、専門学校で学び、地元北海道の楽器店に就職した駆け出しのピアノ調律師だ。ピアノを主に扱っている小さな楽器店には、四人の調律師がいる。初心者マークの外村、彼を一番よく面倒見てくれる七年先輩の柳、四十代の舌鋒鋭い秋野、高校生の外村を魅了して調律師の道に引き込んだ天才板鳥。この三人の先輩たちの仕事の信条、こだわり、夢は、それぞれ大きく異なっていて、その違いが各自の人生としても描かれている。

柳は、人当たりがよく、趣味でバンドのドラマーをし、婚約中とリア充そのものだが、公衆電話の派手な黄緑の色の主張が我慢できないような神経過敏な思春期を過ごし、メトロノームの音と幼馴染の存在に救われた。秋野は、ピアニストとしての自分の才能の限界におびえるうちに、落下する悪夢を見るようになり、四年間煩悶したのちに調律師に転身する。天才板鳥は、巨匠のヨーロッパツアーに帯同を求められるほどの存在なのに、飛行機を嫌がって乗りたがらず、小さな町の小さな会社で働いている。三人とも、おそろしく繊細で神経質で聡明だ。その鋭すぎる感覚を、音を整えるという仕事に注いで、人生のバランスをとっているように思える。

本作で、私が一番感銘を受けたのは、この先輩たちと外村の関わりだった。鮮やかな個性の先輩たちのエピソードは、外村が一つひとつの仕事で関わる中で、ごく自然に立ち上がってくる。先輩たちの仕事に同行し、個人宅、コンサートホール、様々な場所とシチュエーションで、技術とポリシーを知り、人生の断片を聞き、学んだり、悩んだりする。外村が己の仕事について探索する道のりで、読者は先輩たちを少しずつ知ることになるのだが、そのエピソードの重ね方が印象的で秀逸だ。

個性的な先輩たちと違い、外村は、一見、とても平凡だ。板鳥との奇跡的な邂逅がなければ、ピアノに触ることなどなかったかもしれない。演奏はできないし、クラシック音楽に造詣が深いわけでもない。それでも、彼は、自分の中に、多彩な音と大きなイメージを持っている。「森」。北海道の山で育った外村の中には、いつも、木々や風、匂いと光と音があった。外村の内なる音と、学校の体育館で聴いた板鳥の創るピアノの音が共鳴して、物語が始まる。

この外村という主人公の造形が、興味深かった。彼には、ファーストネームが書かれていない。「僕」という一人称で、物語は語られていくのだが、下の名前が呼ばれるシーンがない。親しい友だち、親との会話などがない。唯一、弟との会話があるが、兄貴と呼ばれるだけだ。呼ばれないまでも、どこかに一つくらいこっそり書いてありそうなものだが見つけられなかった。

物静かで地味だが、他者とのコミュニケーションに困る性格ではない。知りたいことはきちんと聞き、自分の考えは曲げずに話す。わからないことは、わからないと言える。自分の心が感じたことを、素直に頑固に信じ通せる。無彩色に見えるのに、柔軟で強烈な自我の持ち主だ。

そんな彼の語り口は、静かで熱い。私は、作中で、外村の二つの声が聞こえるように感じた。リアルな世界で動いている時の淡々としてクリアーな声。自分の内にある「森」の音に耳を澄ませ、ピアノの音に思いをはせる時の揺らぐような、探すような、不安定な声。嘘のない裏表のない性格で、おとなしくても、まわりの人に愛される外村なので、二つの声を意図的に使い分けている感じではない。それでも、彼が「森」について思う時、声が変わる——変わるように感じて、その都度ハッとさせられる。

調律師をモチーフにした優れた仕事小説であると同時に、本作は、青年の成長物語である。そして、外村の自分探しの物語。

音楽の下地がないことに、外村はコンプレックスがある。自分に調律師としての才能があるのか、ちゃんと一人前になれるのか、良い仕事ができるのか、常に不安を抱え、葛藤する。

「一弦ずつ、音を合わせていく。合わせても、合わせても、気持ちの中で何かがずれる。音の波をつかまえられない。チューナーで測ると合っているはずの数値が、揺れて聞こえる。調律師に求められるのは、音を合わせる以上のことなのに、まずはそこで足踏みをしている。」

仕事を始めたばかりの外村のとまどい。そんな彼に、あこがれの板鳥は、「焦ってはいけません。こつこつ、こつこつです」と諭す。チューニングハンマーをプレゼントし、

「明るく静かに澄んで懐かしい文体、少しは甘えているようでありながら、きびしく深いものを湛えている文体、夢のように美しいが現実のようにたしかな文体」という原民喜の言葉を伝える。原民喜の言葉は、どんな音を目指しているのかという外村の質問への板鳥の回答だ。この言葉は、外村の心に深く根を張り、内なる森と共鳴しながら、育っていく。

外村は、先輩によく質問をする。時には具体的に、時には抽象的にも。仕事に同行して、先輩たちが何を思い、どう音と向き合っているかを、よくよく見る。天才板鳥の言葉と仕事は、天からの贈り物だろう。皮肉や叱責と紙一重のような秋野の言葉と、一見合理的にすぎて見える仕事ぶりは、前向きな助言以上に外村に己を見つめ直させる。身近にいて、一番多くを教わる柳の言動も優れて個性的だ。学ぶには素晴らしい環境。それでも、ただ与えられるものではなく、外村が積極的に近づき、汲み取っていく。

先輩たちが多くを語るのは、外村を育てるためだけではなく、創る音についての真剣な自己確認なのかもしれない。経験を重ね、優れた技術と固い信念があっても、日々、追いかけ、探し求め、さまよう大変な仕事なのだ。

「才能とか、素質とか、考えないよな。考えたってしかたがないんだから」「ただ、やるだけ」――物語の終盤で秋野が語る言葉が、とても重く深く心に残る。

『羊と鋼の森』――ふしぎなタイトルだと感じたが、羊と鋼はピアノを構成する素材だと知る。森は、外村が育った北海道の森であり、ピアノの調律で、正しい音、よい音を求めて、さまよう「森」、さらには、人生を生きることそのもののような深く、美しく、常に迷う危険、傷つく危険をはらんだ大きな世界としての「森」。

外村が、音を探し、自分を探す「森」の中で、すばらしい先輩たち以上に、彼を導き、道を示してくれる存在がある。この物語のキーパーソンとも言うべき、双子の姉妹だ。江藤楽器のお得意様で、幼い頃には秋野が、引き継いで柳が担当し、外村が深く関わることになる。

外見的には見分けがつかないほど似ているが、違う高校に通い、ピアノの演奏もまるで異なる。姉の和音は、柳には普通と評される派手さのない演奏ながら、「粒が揃っていて、端正で、つやつや」した音で、外村を圧倒的に魅了する。妹の由仁の演奏は華やかで、発表会などの本番に強く、常に姉より目立ってきた。姉は妹にコンプレックスを抱きつつ、ピアノに没頭するが、妹のほうが、ある時、病気で演奏ができなくなってしまう。詳しくは書かれていないが、スポーツでよく聞くイップスのようなメンタルトラブルで難治性の深刻なものらしい。

仲のいい双子姉妹、個性の異なる演奏、お互いを意識し思いやる関係――それだけで長編が書けそうな濃いモチーフだが、本作ではスポットが当たっているのは、あくまで主人公の外村だ。双子の運命、それぞれの決断に、担当の柳以上に深く関わり、心を揺らすことで、彼自身が大きく変貌を遂げていく。

外村の「森」の中を、先を導くように、あるいは共に歩くように、少女の存在が輝いていく。調律師とお客という関係性より、彼らは少し親しいが、それでも、つながりは、あくまで、ピアノの音である。双子の姉妹の存在は、調律師の先輩たちのようにリアルというより、ファンタジックだ。ミューズであり、森の中の妖精のようだ。

無彩色に近い、やわらかい、凹んでも、またふわりとふくらみ、さらに大きくなる、そんな半透明のボールのような主人公――下の名前がなく、外見の記述もいっさいない、濃い輪郭線を引かれない、そんな主人公が、先輩たちに学びながら、少女の光に照らされて、リアルな存在感で立ちあがってくる。独特な成長物語だと思った。

お客さんから、あまり評価されず、担当替えのキャンセルも時々ある外村が、「もしかすると外村くんみたいな人が、たどり着くのかもしれないなあ」と秋野に言わせるラストは、とてもあたたかいエピソードだ。


（作家）

初出　別冊文藝春秋　二〇一三年一一月号〜二〇一五年三月号
単行本化にあたり加筆しました。
単行本　二〇一五年九月　文藝春秋刊
DTP制作　萩原印刷

文春文庫

羊《ひつじ》と鋼《はがね》の森《もり》

定価はカバーに表示してあります

2018年 2 月10日　第 1 刷
2024年 7 月 5 日　第20刷

著　者　宮《みや》下《した》奈《な》都《つ》

発行者　大沼貴之

発行所　株式会社　文藝春秋

東京都千代田区紀尾井町 3-23　〒 102-8008
T E L　03・3265・1211 ㈹
文藝春秋ホームページ　http://www.bunshun.co.jp

落丁、乱丁本は、お手数ですが小社製作部宛お送り下さい。送料小社負担でお取替致します。

印刷・萩原印刷　製本・加藤製本
Printed in Japan
ISBN978-4-16-791010-5

（　）内は解説者。品切の節はご容赦下さい。

阿佐田哲也
麻雀放浪記1　青春篇
戦後まもなく、上野のドヤ街を舞台に、坊や哲、ドサ健、上州虎、出目徳ら博打打ちが、人生を博打に賭けてイカサマの限りを尽くして闘う「阿佐田哲也麻雀小説」の最高傑作。（先崎　学）
あ-7-3

阿佐田哲也
麻雀放浪記2　風雲篇
イカサマ麻雀がばれた私こと坊や哲は関西へ逃げた。だが、そこには東京より過激な「ブウ麻雀」のプロ達が待っており、京都の坊主達と博打寺での死闘が繰り広げられた。（立川談志）
あ-7-4

阿佐田哲也
麻雀放浪記3　激闘篇
右腕を痛めイカサマが出来なくなった私こと坊や哲は新聞社に勤めたが……。戦後の混乱期を乗り越えたイカサマ博打打ちたちの運命は。痛快ピカレスクロマン第三弾！（小沢昭一）
あ-7-5

阿佐田哲也
麻雀放浪記4　番外篇
黒手袋をはずすと親指以外すべてがツメられている博打打ち、李億春との出会いと、ドサ健との再会を機に堅気の生活から足を洗った私……。麻雀小説の傑作、感動の最終巻！（柳　美里）
あ-7-6

安部龍太郎
姫神
争いが続く朝鮮半島と倭国の平和を願う聖徳太子の遣隋使計画。海の民・宗像の一族に密命が下る。国内外の妨害工作に悩まされながら、若き巫女が起こした奇跡とは――。（島内景二）
あ-32-6

浅田次郎
月のしずく
きつい労働と酒にあけくれる男の日常に舞い込んだ美しい女。出会うはずのない二人が出会う時、癒しのドラマが始まる――表題作ほか「銀色の雨」「ピエタ」など全七篇収録。（三浦哲郎）
あ-39-1

浅田次郎
姫椿
飼い猫に死なれたOL、死に場所を探す社長、若い頃別れた恋人への思いを秘めた男、妻に先立たれ競馬場に通う助教授……。凍てついた心にぬくもりが舞い降りる全八篇。（金子成人）
あ-39-4

（　）内は解説者。品切の節はご容赦下さい。

浅田次郎
獅子吼《ししく》
戦争・高度成長・大学紛争――いつの時代、どう生きても、過酷な運命は降りかかる。激しい感情を抑え進む、名も無き人々の姿を描きだした、華も涙もある王道の短編集。（吉川晃司）
あ-39-19

浅田次郎
大名倒産（上下）
天下泰平260年で積み上げた藩の借金25万両。先代は「倒産」で逃げ切りを狙うが、クソ真面目な若殿は――奇跡の「経営再建」は成るか？　笑いと涙の豪華エンタメ！（対談・磯田道史）
あ-39-20

あさのあつこ
透き通った風が吹いて
野球部を引退した高三の渓哉は将来が思い描けず焦燥感にさいなまれている。ある日道に迷う里香という女性と出会うが……書き下ろし短篇「もう一つの風」を収録した直球青春小説。
あ-43-20

有栖川有栖
火村英生に捧げる犯罪
臨床犯罪学者・火村英生のもとに送られてきた犯罪予告めいたファックス。術策の小さな綻びから犯罪が露呈する表題作他、哀切でエレガントな珠玉の作品が並ぶ人気シリーズ。（柄刀　一）
あ-59-1

有栖川有栖
菩提樹荘の殺人
少年犯罪、お笑い芸人の野望、学生時代の火村英生の名推理、アンチエイジングのカリスマの怪事件とアリスの悲恋。「若さ」をモチーフにした人気シリーズ作品集。（円堂都司昭）
あ-59-2

有川　浩
三匹のおっさん
還暦くらいでジジイの箱に蹴りこまれてたまるか！　武闘派2名と頭脳派1名のかつての悪ガキが自警団を結成、ご近所に潜む悪を斬る！　痛快活劇シリーズ始動！（児玉　清・中江有里）
あ-60-1

青山文平
遠縁の女
追い立てられるように国元を出、五年の武者修行から国に戻った男が直面した驚愕の現実と、幼馴染の女の仕掛けてきた罠。直木賞受賞作に続く、男女が織り成す鮮やかな武家の世界。
あ-64-4

（　）内は解説者。品切の節はご容赦下さい。

青山文平
跳ぶ男
弱小藩お抱えの十五歳の能役者が、藩主の身代わりとして江戸城に送り込まれる。命がけで舞う少年の壮絶な決意とは。謎と美が満ちる唯一無二の武家小説。（川出正樹）
あ-64-5

阿部智里
烏《からす》に単《ひとえ》は似合わない
八咫烏の一族が支配する世界「山内」。世継ぎの后選びを巡る有力貴族の姫君たちの争いに絡み様々な事件が……。史上最年少松本清張賞受賞作となった和製ファンタジー。（東　えりか）
あ-65-1

阿部智里
烏《からす》は主《あるじ》を選ばない
優秀な兄宮を退け日嗣の御子の座に就いた若宮に仕えることになった雪哉。だが周囲は敵だらけ、若宮の命を狙う輩も次々に現れる。彼らは朝廷権力闘争に勝てるのか？（大矢博子）
あ-65-2

朝井リョウ
武道館
【正しい選択】なんて、この世にない。「武道館ライブ」という合言葉のもとに活動する少女たちが最終的に〝自分の頭で〟選んだ道とは――。大きな夢に向かう姿を描く。（つんく♂）
あ-68-2

朝井リョウ
ままならないから私とあなた
平凡だが心優しい雪子の友人、薫は天才少女と呼ばれる。成長に従い、二人の価値観は次第に離れていき、決定的な対立が訪れるが……。一章分加筆の表題作ほか一篇収録。（小出祐介）
あ-68-3

安東能明
夜の署長
新米刑事の野上は、日本一のマンモス警察署・新宿署に配属される。そこには〝夜の署長〟の異名を持つベテラン刑事・下妻がいた。警察小説のニューヒーロー登場。（村上貴史）
あ-74-1

安東能明
夜の署長2
密売者
夜間犯罪発生率日本一の新宿署で〝夜の署長〟の異名を取り、高い捜査能力を持つベテラン刑事・下妻。新人の沙月は新宿で起きる四つの事件で指揮下に入り、やがて彼の凄みを知る。
あ-74-2

（　）内は解説者。品切の節はご容赦下さい。

安東能明
夜の署長3
潜熱
ホスト狩り、万引き犯、放火魔、大学病院理事長射殺。夜間犯罪発生率日本一・新宿署の「裏署長」が挑む難事件。やがて20年前の因縁の事件の蓋が開き……人気シリーズ第3弾！
あ-74-3

明石家さんま　原作
Ｊｉｍｍｙ
一九八〇年代の大阪。幼い頃から失敗ばかりの大西秀明は、高校卒業後なんば花月の舞台進行見習いに。人気絶頂の明石家さんまに出会い、孤独や劣等感を抱きながら芸人として成長していく。
あ-75-1

浅葉なつ
どうかこの声が、あなたに届きますように
地下アイドル時代、心身に傷を負った20歳の奈々子がラジオアシスタントに。「伝説の十秒回」と呼ばれる神回を経て成長する彼女と、切実な日々を生きるリスナーの交流を描く感動作。
あ-77-1

浅葉なつ
神と王
亡国の書
弓可留国が滅亡した日、王太子から宝珠「弓の心臓」を託された慈空。片刃の剣を持つ風天、謎の生物を飼う日樹らと交わり、命がけで敵国へ――新たな神話ファンタジーの誕生！
あ-77-2

浅葉なつ
神と王
謀りの玉座
琉劔の若き叔母であり、虫を偏愛する斯城国副宰相・飛揚。ある小国の招待を受けたが、現王に関する不吉な噂を耳にする――「世界のはじまり」と謎を追う新・神話ファンタジー第二巻。
あ-77-3

天祢　涼
希望が死んだ夜に
14歳の少女が同級生殺害容疑で緊急逮捕された。少女は犯行を認めたが動機を全く語らない。彼女は何を隠しているのか？捜査を進めると意外な真実が明らかになり……。（細谷正充）
あ-78-1

天祢　涼
葬式組曲
喧嘩別れした父の遺言、火葬を嫌がる遺族、息子の遺体が霊安室で消失……社員4名の北条葬儀社に、故人が遺した様々な〝謎〟が待ち受ける。葬式を題材にしたミステリー連作短編集。
あ-78-2

（　）内は解説者。品切の節はご容赦下さい。

朱野帰子
科学オタがマイナスイオンの部署に異動しました
電器メーカーに勤める科学マニアの賢児は、非科学的商品を「廃止すべき」と言い、鼻つまみ者扱いに。自分の信念を曲げられずに戦う全ての働く人に贈る、お仕事小説。（塩田春香）
あ-79-1

秋吉理香子
サイレンス
深雪は婚約者の俊亜貴と故郷の島を訪れるが、彼には秘密があった。結婚をして普通の幸せを手に入れたい深雪の運命が狂い始める。一気読み必至のサスペンス小説。（澤村伊智）
あ-80-1

朝井まかて
銀の猫
嫁ぎ先を離縁され「介抱人」として稼ぐお咲。年寄りたちに人生を教わる一方で、妾奉公を繰り返し身勝手に生きてきた、自分の母親を許せない。江戸の介護を描く傑作長編。（秋山香乃）
あ-81-1

彩瀬まる
くちなし
別れた男の片腕と暮らす女。運命で結ばれた恋人同士に見える花。幻想的な世界がリアルに浮かび上がる繊細で鮮烈な短篇集。直木賞候補作・第五回高校生直木賞受賞作。（千早　茜）
あ-82-1

芦沢　央
カインは言わなかった
公演直前に失踪したダンサーと美しい画家の弟。代役として主役「カイン」に選ばれたルームメイト。芸術の神に魅入られた男と、なぶられ続けた魂。心が震える衝撃の結末。（角田光代）
あ-90-1

石田衣良
池袋ウエストゲートパーク
刺す少年、消える少女、潰し合うギャング団……命がけのストリートを軽やかに疾走する若者たちの現在を、クールに鮮烈に描いた人気シリーズ第一弾。表題作など全四篇収録。（池上冬樹）
い-47-1

石田衣良
池袋ウエストゲートパーク ザ レジェンド
時代を鮮やかに切り取る名シリーズの初期から近作まで、読者投票で人気を集めたレジェンド級エピソード八篇を厳選した〈傑作選〉。マコトとタカシの魅力が全開の、爽快ミステリー！
い-47-36

（　）内は解説者。品切の節はご容赦下さい。

池井戸　潤
オレたちバブル入行組
支店長命令で融資を実行した会社が倒産。社長は雲隠れ。上司は責任回避。四面楚歌のオレには債権回収あるのみ……。半沢直樹が活躍する痛快エンタテインメント第1弾！　（村上貴史）
い-64-2

池井戸　潤
かばん屋の相続
「妻の元カレ」『手形の行方』『芥のごとく』他。銀行に勤める男たちが、長いサラリーマン人生の中で出会う、さまざまな困難と悲哀。六つの短篇で綴る、文春文庫オリジナル作品。　（村上貴史）
い-64-5

池井戸　潤
民王
夢かうつつか、新手のテロか？　総理とその息子に非常事態が発生！　漢字の読めない政治家、酔っぱらい大臣、バカ学生らが入り乱れる痛快政治エンタメ決定版。　（村上貴史）
い-64-6

乾《いぬい》　くるみ
イニシエーション・ラブ
甘美で、ときにほろ苦い青春のひとときを瑞々しい筆致で描いた青春小説——と思いきや、最後の二行で全く違った物語に！「必ず二回読みたくなる」と絶賛の傑作ミステリ。　（大矢博子）
い-66-1

乾　くるみ
リピート
今の記憶を持ったまま昔の自分に戻る「リピート」。人生のやり直しに臨んだ十人の男女が次々に不審な死を遂げて……。『イニシエーション・ラブ』の著者が放つ傑作ミステリ。　（大森　望）
い-66-2

伊坂幸太郎
死神の精度
俺が仕事をするといつも降るんだ——七日間の調査の後その人間の生死を決める死神たちは音楽を愛し大抵は死を選ぶ。クールでちょっとズレてる死神が見た六つの人生。　（沼野充義）
い-70-1

伊坂幸太郎
死神の浮力
娘を殺された山野辺夫妻は、無罪判決を受けた犯人への復讐を計画していた。そこへ人間の死の可否を判定する〝死神〟の千葉がやってきて、彼らと共に犯人を追うが——。　（円堂都司昭）
い-70-2

（　）内は解説者。品切の節はご容赦下さい。

阿部和重・伊坂幸太郎
キャプテンサンダーボルト（上下）
大陰謀に巻き込まれた小学校以来の友人コンビ。不死身のテロリストと警察から逃げきり、世界を救え！　人気作家二人がタッグを組んで生まれた徹夜必至のエンタメ大作。（佐々木　敦）
い-70-51

石持浅海
殺し屋、やってます。
《650万円でその殺しを承ります》——コンサルティング会社を経営する富澤允。しかし彼には、殺し屋という裏の顔があった……。殺し屋が日常の謎を推理する異色の短編集。（細谷正充）
い-89-2

石持浅海
殺し屋、続けてます。
ひとりにつき650万円で始末してくれるビジネスライクな殺し屋、富澤允。そんな彼に、なんと商売敵が現れて——殺し屋が日常の謎を推理する異色のシリーズ第2弾。（吉田大助）
い-89-3

伊東　潤
悪左府の女
冷徹な頭脳ゆえ「悪左府」と呼ばれた藤原頼長が、琵琶の名手に密命を下し、天皇に仕える女官として送り込む。保元の乱へと転がり始める時代をダイナミックに描く！（内藤麻里子）
い-100-4

伊東　潤
修羅の都
この鎌倉に「武士の世」を創る！　頼朝と政子はともに手を携え、目的のため弟義経、叔父、息子、娘を犠牲にしながらも邁進していく。その修羅の果てに二人が見たものは……。（本郷和人）
い-100-5

伊吹有喜
ミッドナイト・バス
故郷に戻り、深夜バスの運転手として二人の子供を育ててきた利一。ある夜、乗客に十六年前に別れた妻の姿が。乗客たちの人間模様を絡めながら家族の再出発を描く感動長篇。（吉田伸子）
い-102-1

伊吹有喜
雲を紡ぐ
不登校になった高校2年の美緒は、盛岡の祖父の元へ向う。羊毛を手仕事で染め紡ぐ作業を手伝ううち内面に変化が訪れる。親子三代「心の糸」の物語。スピンオフ短編収録。（北上次郎）
い-102-2

（　）内は解説者。品切の節はご容赦下さい。

岩井俊二
リップヴァンウィンクルの花嫁
「この世界はさ、本当は幸せだらけなんだよ」秘密を抱えながらも愛情を抱きあう女性二人の関係を描き、黒木華、Ｃｏｃｃｏ共演で映画化された、岩井美学が凝縮された渾身の一作。
い-103-1

岩井俊二
ラストレター
「君にまだずっと恋してるって言ったら信じますか？」裕里は亡き姉・未咲のふりをして初恋相手の鏡史郎と文通する——不朽の名作『ラヴレター』につらなる、映画原作小説。（西崎　憲）
い-103-2

いとうみく
車夫
家庭の事情で高校を中退し浅草で人力車夫として働く吉瀬走。大人の世界に足を踏み入れた少年と、同僚や客らとの交流を瑞々しく描く。期待の新鋭、初の文庫化作品。（あさのあつこ）
い-105-1

いとうみく
車夫2　幸せのかっぱ
高校を中退し浅草で人力車をひく吉瀬走。陸上部時代の同級生が会いに来たり、ストーカーにあったりの日々の中、行方不明だった母親が体調を崩したという手紙が届く。（中江有里）
い-105-2

伊与原　新
ブルーネス
地震研究所を辞めた準平は、学界の異端児・武智に「津波のリアルタイム監視」計画に誘われる。個性が強すぎて組織に馴染めないはぐれ研究者たちの無謀な挑戦が始まる！（巽　好幸）
い-106-1

伊与原　新
フクロウ准教授の午睡《シエスタ》
学長選挙が迫る地方国立大に現れた准教授・袋井。昼は眠たげで無気力なのに夜になると覚醒する〝フクロウ〟は、学長候補のスキャンダルを次々と暴いていく。果たして彼の正体は？
い-106-2

伊岡　瞬
祈り
東京に馴染めない楓太は、公園で信じられない光景を目にする。炊き出しを食べる中年男が箸を滑らせた瞬間——。都会の孤独な二人の人生が交差する時、心震える奇跡が。（杉江松恋）
い-107-1

（　）内は解説者。品切の節はご容赦下さい。

伊岡 瞬
赤い砂
男が電車に飛び込んだ。検分した鑑識係など3名も相次いで自殺する。刑事の永瀬が事件の真相を追う中、大手製薬会社に脅迫状が届いた。デビュー前に書かれていた、驚異の予言的小説。
い-107-2

伊岡 瞬
白い闇の獣
小6の少女を殺したのは、少年3人。だが少年法に守られ、「獣」は再び野に放たれた。4年後、犯人の一人が転落死する。少女の元担任・香織は転落現場に向かうが――。著者集大成！
い-107-3

歌野晶午
葉桜の季節に君を想うということ
元私立探偵・成瀬将虎は、同じフィットネスクラブに通う愛子から霊感商法の調査を依頼された。その意外な顛末とは？　あらゆる賞を総なめにした現代ミステリーの最高傑作。
う-20-1

歌野晶午
ずっとあなたが好きでした
バイト先の女子高生との淡い恋、美少女の転校生へのときめき、人生の夕暮れ時の穏やかな想い……。サプライズ・ミステリーの名手が綴る恋愛小説集は、一筋縄でいくはずがない!?（大矢博子）
う-20-3

冲方 丁
十二人の死にたい子どもたち
安楽死をするために集まった十二人の少年少女。全員一致で決を採り実行に移されるはずのところへ、謎の十三人目の死体が!?　彼らは推理と議論を重ねて実行を目指すが。（吉田伸子）
う-36-1

冲方 丁
剣樹抄
父を殺され天涯孤独の了助は、若き水戸光國と出会う。異能の子どもたちを集めた幕府の隠密組織に加わり、江戸に火を放つ闇の組織を追う！　傑作時代エンターテインメント。（佐野元彦）
う-36-2

榎田ユウリ
猫とメガネ
蔦屋敷の不可解な遺言
離婚寸前の会計士・幾ツ谷が流れ着いたのはシェアハウス〈蔦屋敷〉。離島育ちで純真な洋や毒舌イケメンの神鳴など風変わりな住人との共同生活が始まるが、相続を巡る騒動が勃発し!?
え-17-2

（　）内は解説者。品切の節はご容赦下さい。

大沢在昌
魔女の笑窪
闇のコンサルタントとして裏社会を生きる女・水原。男を一瞬で見抜くその能力は、誰にも言えない壮絶な経験から得た代償だった。美しいヒロインが、迫りくる過去と戦う。（青木千恵）
お-32-7

大沢在昌
極悪専用
やんちゃが少し過ぎた俺は、闇のフィクサーである祖父《じい》ちゃんの差し金でマンションの管理人見習いに。だがそこは悪人専用住居だった！　ノワール×コメディの怪作。（薩田博之）
お-32-9

奥田英朗
イン・ザ・プール
プール依存症、陰茎強直症、妄想癖など、様々な病気で悩む患者が病院を訪れるも、精神科医・伊良部の暴走治療ぶりに呆れるばかり。こいつは名医か、ヤブ医者か？　シリーズ第一作。
お-38-1

奥田英朗
空中ブランコ
跳べなくなったサーカスの空中ブランコ乗り、尖端恐怖症で刃物が怖いやくざ……。おかしな症状に悩める人々を、トンデモ精神科医・伊良部一郎が救います！　爆笑必至の直木賞受賞作。
お-38-2

奥田英朗
町長選挙
都下の離れ小島に赴任することになった、トンデモ精神科医の伊良部。住民の勢力を二分する町長選挙の真っ最中で、巻き込まれた伊良部は何とひきこもりに！　絶好調シリーズ第三弾。
お-38-3

恩田　陸
まひるの月を追いかけて
異母兄の恋人から兄の失踪を告げられた私は、彼女と共に兄を捜す旅に出る。次々と明らかになる事実は、真実なのか——。恩田ワールド全開のミステリー・ロードノベル。（佐野史郎）
お-42-1

恩田　陸
夜の底は柔らかな幻（上下）
国家権力の及ばぬ〈途鎖国〉。特殊能力を持つ在色者たちがこの地の山深く集う時、創造と破壊、歓喜と惨劇の幕が切って落とされる！　恩田ワールド全開のスペクタクル巨編。（大森　望）
お-42-4

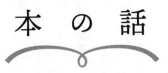